心中的日月

季羡林
季羡林
著

中国纺织出版社有限公司

内 容 提 要

本书精心筛选收录了季羡林先生的经典散文，分心有山川、与子同裳、风月同天、桃李芬芳四辑，内容涉及生态文明、道德修养、社会关系、国民教育等方面，是先生结合自己的人生阅历写下的深刻感悟。先生的哲思与智慧，通过朴实、洗练的文笔娓娓道来，如一位长者谈心与倾诉，青年人的修身、修德，将在这里大获裨益。

图书在版编目（CIP）数据

心中的日月 / 季羡林著．-- 北京：中国纺织出版社有限公司，2020. 9

ISBN 978-7-5180-7734-2

Ⅰ．①心… Ⅱ．①季… Ⅲ．①散文集—中国—当代 Ⅳ．① I267

中国版本图书馆 CIP 数据核字（2020）第 145065 号

策划编辑：李满意　胡　明　　责任编辑：张　强

责任校对：王花妮　　责任印制：王艳丽

中国纺织出版社有限公司出版发行

地址：北京市朝阳区百子湾东里 A407 号楼　邮政编码：100124

销售电话：010—67004422　传真：010—87155801

http: //www.c-textilep. com

中国纺织出版社天猫旗舰店

官方微博 http://weibo.com/2119887771

天津千鹤文化传播有限公司印刷　各地新华书店经销

2020 年 9 月第 1 版第 1 次印刷

开本：880 × 1230　1/32　印张：7

字数：118 千字　定价：45.00 元

庆祝 东方语言文学系建系 季羡林教授在北大执教 四十周年留念 一九八六年五月四日

1986年5月，北京大学东语系举行“季羡林教授在北大执教四十周年”庆祝活动时师生合影

1973年，季羡林一家回济南在大明湖畔合影

幽径悲剧

季羡林

出家门，向右转，只有二三十步，就走进一条曲径。有二三十年之久，我天天走过这一条路，到办公室去。因为天天见面，也就成了司空见惯，对它有点漠然了。

然而，这一条幽径却是大大地有名的。记得在五十年代，我在故宫的一个城楼上，参观过一个有关《红楼梦》的展览。我看到由几幅山水画组成的组画，画的就是这一条路。是说这一条路是同这一部伟大的作品有某一些联系的。至于是什么联系，我已经记忆不清。留在我记忆中的只是一点印象：这一条平平常常的路是有来头的，不能等闲视之。

这一条路在燕园中是极为幽静的地方。学生们称之为"后湖"，他们很少到这里来的。我上面说它平平常常，这话有点语病，它其实是颇为不平常的。一面傍湖，一面靠山，蜿蜒曲折，实有曲径通幽之趣。山上苍松翠柏，杂树成林。无论春夏秋冬，总有翠色在目。不知名的小花，从春天开起，过一阵换一个颜色，一直开到秋末。到了夏天，山上一团浓绿，人们仿佛是在一片绿雾中穿行。林中小鸟，枝头鸣蝉，仿佛互相应答。秋天，枫叶变红，与苍松翠柏，相映成趣，凄清中又蕴含浓烈。几乎让人

季羡林稿纸（20×25=500）　第 一 页

《幽径悲剧》手稿（部分）

目录

第一辑 心有山川

第二辑 与子同裳

第三辑 风月同天

第四辑 桃李芬芳

第一辑

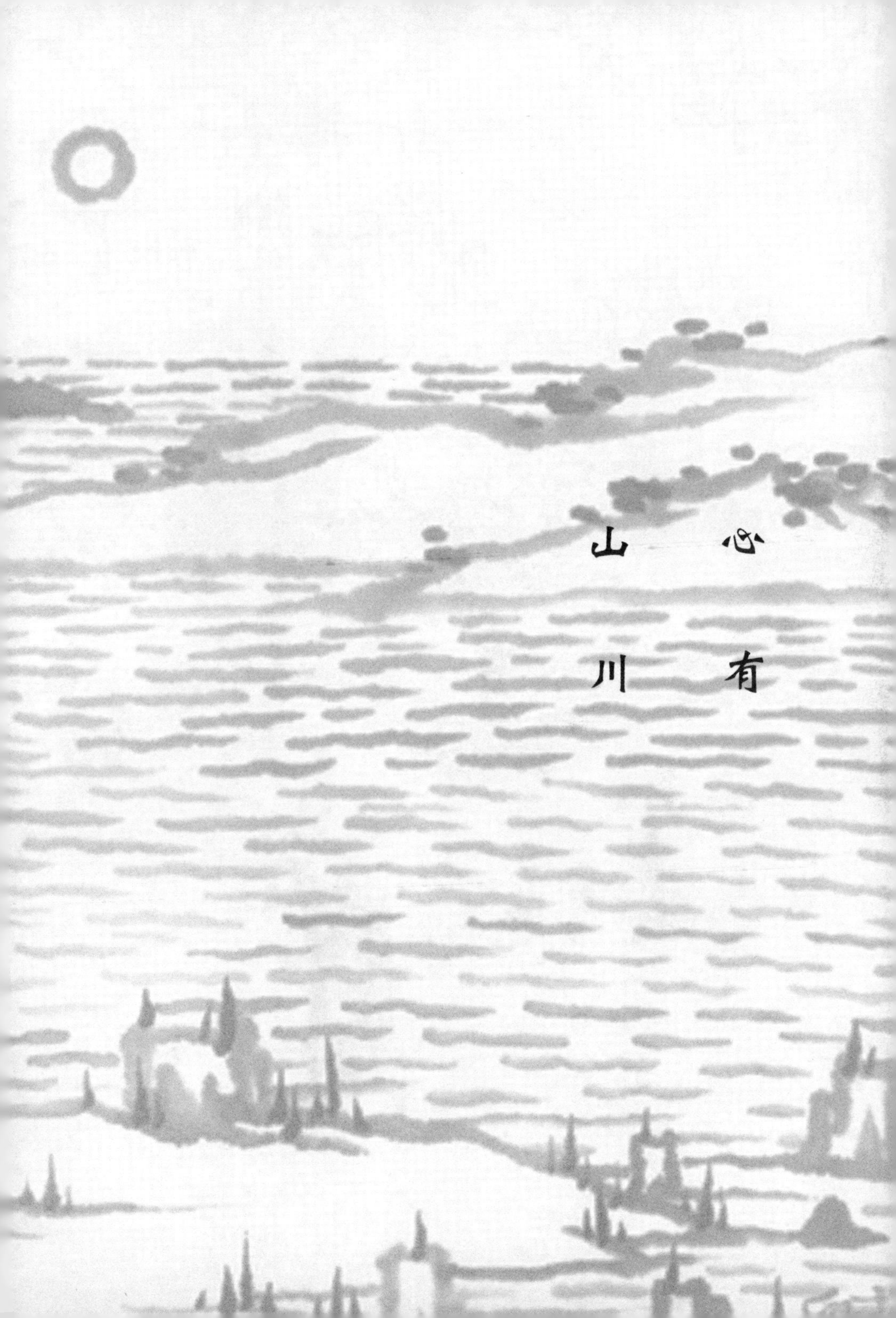
心有山川

新世纪新千年寄语

人们往往有这样的经验：过去带来惆怅，现在带来迷惘，未来带来希望。

现在，一个新世纪、新千年就要来到我们眼前了。这正是人们让幻想驰骋对未来提出希望的最佳时刻。

在我国报纸、杂志上，在开会的发言中，人们确实已经提出了五花八门的希望。我想，全世界恐怕也是这个样子吧。许多政治家、文学家、艺术家、学者、商业界的大款等等都提出了自己的希望：希望政治如何如何，希望经济如何如何，希望文学如何如何，希望学术如何如何，希望人文素质如何如何，让人眼花缭乱，煞是热闹。然而独独没有人，至少是很少有人提出如何处理好人与大自然的关系问题，而我个人认为，这才是未来的关键。

恩格斯在《自然辩证法》中说：“我们不能过分陶醉于我们对自然界的胜利，对于每一次这样的胜利，自然界都报复了我们。”恩格斯真不愧是马克思主义奠基人之一。在一百多年以前，当时自然界对人类的报复还不太显著，或者只能说是初露端倪；可是伟大的恩格斯已经注意到了，而且给世人敲响了警钟。对这样天才的预见和警告，我们能不五体投地地赞佩吗？

眼前世界的形势已经充分证明了恩格斯预见之伟大与睿智。许多自然界的和人类社会的现象已经充分证明了自然界正在日益强烈地对我们人类进行着报复，稍有头脑的人都能看到，例子是不胜枚举的。

然而我们的反应怎样呢？除了少数有识之士外，大多数人，包括一些国家的领导人在内还在懵懵懂懂，驰骋于蜗角，搏斗于蚁冢。美国在演着总统选举的闹剧，中东在演着巴以冲突的悲剧，全球狼烟四起，板荡混乱，如果真有一个造物主的话——我不相信真有——他站在宇宙某一个地方，俯视地球村里的几台大戏正在演得红红火火，难道他不会像我们人类一样，看到地上的蚁群厮杀，积尸满地，流血——蚂蚁不知有血没有？——成沟，不禁莞尔而笑吗？

我虔诚希望，我们人类要同大自然成为朋友，不要再视它为敌人，成了朋友以后，再伸手向它要衣，要食，要一切我们需要的东西。

这就是我的新千年寄语。

2000 年 12 月 11 日

幽径悲剧

出家门，向右转，只有二三十步，就走进一条曲径。有二三十年之久，我天天走过这一条路，到办公室去。因为天天见面，也就成了司空见惯，对它有点漠然了。

然而，这一条幽径却是大大有名的。记得在50年代，我在故宫的一个城楼上，参观过一个有关《红楼梦》的展览。我看到由几幅山水画组成的组画，画的就是这一条路。足征这一条路是同这一部伟大的作品有某一些联系的。至于是什么联系，我已经记忆不清。留在我记忆中的只是一点印象：这一条平平常常的路是有来头的，不能等闲视之。

这一条路在燕园中是极为幽静的地方。学生们称之为“后湖”，他们很少到这里来的。我上面说它平平常常，这话有点语病，它其实是颇为不平常的。一面傍湖，一面靠山，蜿蜒曲折，实有曲径通幽之趣。山上苍松翠柏，杂树成林。无论春夏秋冬，总有翠色在目。不知名的小花，从春天开起，过一阵换一个颜色，一直开到秋末。到了夏天，山上一团浓绿，人们仿佛是在一片绿雾中穿行。林中小鸟，枝头鸣蝉，仿佛互相应答。秋天，枫叶变红，与苍松翠柏，相映成趣，凄清中又饱含浓烈。几乎让人不辨四时了。

小径另一面是荷塘，引人注目主要是在夏天。此时绿叶接天，红荷映日。仿佛从地下深处爆发出一股无比强烈的生命力，向上，向上，向上，欲与天公试比高，真能使懦者立怯者强，给人以无穷的感染力。

不管是在山上，还是在湖中，一到冬天，当然都有白雪覆盖。在湖中，昔日的潋滟的绿波为坚冰所取代。但是在山上，虽然落叶树都把叶子落掉，可是松柏反而更加精神抖擞，绿色更加浓烈，意思是想把其他树木之所失，自己一手弥补过来，非要显示出绿色的威力不行。再加上还有翠竹助威，人们置身其间，绝不会感到冬天的萧索了。

这一条神奇的幽径，情况大抵如此。

在所有的这些神奇的东西中，给我印象最深、让我最留恋难忘的是一株古藤萝。藤萝是一种受人喜爱的植物。清代笔记中有不少关于北京藤萝的记述。在古庙中，在名园中，往往都有几棵寿达数百年的藤萝，许多神话故事也往往涉及藤萝。北大现住的燕园，是清代名园，有几棵古老的藤萝，自是意中事。我们最初从城里搬来的时候，还能看到几棵据说是明代传下来的藤萝。每年春天，紫色的花朵开得满棚满架，引得游人和蜜蜂猬集其间，成为春天一景。

但是，根据我个人的评价，在众多的藤萝中，最有特色的还是幽径的这一棵。它既无棚，也无架，而是让自己的枝条攀附在邻近的几棵大树的干和枝上，盘曲而上，大有直上青云之慨。因此，从下面看，除了一段苍黑古劲像苍龙般的粗干外，根本看不出是一株藤萝。每年春天，我走在树下，眼前无藤萝，心中也无藤萝。然而一股幽香蓦地闯入鼻官，嗡嗡的蜜蜂声也袭入耳内，抬头一看，在一团团的绿叶——根本分不清哪是藤萝叶，哪是其他树的叶子——中，隐约看到一朵朵紫红色的花，颇有万绿丛中一点红的意味。直到此时，我才清晰地意识到这一棵古藤的存在，顾而乐之了。

经过了史无前例的“十年浩劫”，不但人遭劫，花木也不能幸免。藤萝们和其他一些古丁香树等等，被异化为“修正主义”，遭到了无情的诛伐。六院前的和红二三楼之间的那两棵著名的古藤，被坚决、彻底、干净、全部地消灭掉。是否也被踏上一千只脚，没有调查研究，不敢瞎说；永世不得翻身，则是铁一般的事实了。

茫茫燕园中，只剩下了幽径的这一棵藤萝了。它成了燕园中藤萝界的鲁殿灵光。每到春天，我在悲愤、惆怅之余，唯一的一点安慰就是幽径中这一棵古藤。每次走在它下面，嗅到淡淡的幽香，听到嗡嗡的蜂声，顿觉这个世界还是值得留恋的，人生还不全是荆棘丛。其中情味，只有我一个人知道，不足为外人道也。

然而，我快乐得太早了，人生毕竟还是一个荆棘丛，绝不是到处都盛开着玫瑰花。今年春天，我走过长着这棵古藤的地方，我的眼前一闪，吓了一大跳：古藤那一段原来凌空的虬干，忽然成了吊死鬼，下面被人砍断，只留上段悬在空中，在风中摇曳。再抬头向上看，藤萝初绽出来的一些淡紫的成串的花朵，还在绿叶丛中微笑。它们还没有来得及知道，自己赖以生存的根干已经被砍断，脱离了地面，再没有水分供它们生存了。它们仿佛成了失掉了母亲的孤儿，不久就会微笑不下去，连痛哭也没有地方了。

我是一个没有出息的人。我的感情太多，总是供过于求，经常为一些小动物、小花草惹起万斛闲愁。真正的伟人们是绝不会这样的。反过来说，如果他们像我这样的话，也绝不能成为伟人。我还有点自知之明，我注定是一个渺小的人，也甘于如此，我甘于为一些小猫小狗小花小草流泪叹气。这一棵古藤的灭亡在我心灵中引起的痛苦，别人是无法理解的。

从此以后，我最爱的这一条幽径，我真有点怕走了。我不敢再看那一段悬在空中的古藤枯干，它真像吊死鬼一般，让我毛骨悚然。非走不行的时候，我就紧闭双眼，疾趋而过。心里数着数：一，二，三，四，一直数到十，我估摸已经走到了小桥的桥头上，吊死鬼不会看到了，我才睁开眼走向前去。此时，我简直是悲哀至极，哪里还有什么闲情逸致来欣赏幽径的情趣呢?

但是，这也不行。眼睛虽闭，但耳朵是关不住的。我隐隐约约听到古藤的哭泣声，细如蚊蝇，却依稀可辨。它在控诉无端被人杀害。它在这里已经待了二三百年，同它所依附的大树一向和睦相处。它虽阅尽人间沧桑，却从无害人之意。每到春天，就以自己的花朵为人间增添美丽，焉知一旦毁于愚氓之手。它感到万分委屈，又投诉无门。它的灵魂死守在这里。每到月白风清之夜，它会走出来显圣的。在大白天，只能偷偷地哭泣。山头的群树，池中的荷花是对它深表同情的，然而又受到自然的约束，寸步难行，只能无言相对。在茫茫人世中，人们争名于朝，争利于市，哪里有闲心来关怀一棵古藤的生死呢？于是，它只有哭泣，哭泣，哭泣……

世界上像我这样没有出息的人，大概是不多的。古藤的哭泣声恐怕只有我一个能听到。在浩茫无际的大千世界上，在林林总总的植物中，燕园的这一棵古藤，实在渺小得不能再渺小了。你倘若问一个燕园中人，绝不会有任何人注意到这一棵古藤的存在的，绝不会有任何人关心它的死亡的，绝不会有任何人为之伤心的。偏偏出了我这样一个人，偏偏让我住到这个地方，偏偏让我天天走这一条幽径，偏偏又发生了这样一个小小的悲剧；所有这一些偶然性都集中在一起，压到了我的身上。我自己的性格制造成的这一个十字架，只有我自己来背了。奈何，奈何！

但是，我愿意把这个十字架背下去，永远永远地背下去。

1992 年 9 月 13 日

喜鹊窝

我是乡下人。小时候在乡下住过几年。乡下，树多，鸟多，树上的鸟窝多。秋冬之际，树上的叶子落光，抬头就能看到高树顶上的许多鸟窝，宛如一个个的黑色蘑菇。

但是，我同许多乡下人一样，对鸟并不特别感兴趣。我感兴趣的是昆虫中的知了（我们那里读如 jie liu，也就是蝉），在水族中是虾。夏天晚上，在场院里乘凉，在大柳树下，用麦秸点上一把火。赤脚爬上树去，用力一摇晃，知了便像雨点似的纷纷落下。如果嫌热，就跳到苇坑里，在苇丛中伸手一摸，就能摸到一些个儿不小的虾，带着双夹，齐白石画的就是这一种虾。

鸟却不能带给我这样的快乐，我有时甚至还感到厌烦。麻雀整天喳喳乱叫，还偷吃庄稼。乌鸦穿一身黑色的晚礼服，名声一向不好，乡下人总把它同死亡联系起来，“哇！哇！”两声，叫得人身上起鸡皮疙瘩。只有喜鹊沾了“喜”字的光，至少不引起人们的反感。那时候，乡下人饿着肚皮，又不是诗人，哪里会有什么闲情雅兴来欣赏鸟的鸣声呢？连喜鹊“喳，喳”的叫声也不例外。我虽然只有几岁，乡下人的偏见我都具备。只有一件事现在回想起来还能聊以自慰：我从来没有爬上树去掏喜鹊的窝。

后来我到了城里，变成了城里人。初到的时候，我简直像是进入迷宫。这么多人，这么多车，这么多商店，这么多大街小巷。我吃惊得目瞪口呆。有一年，母亲在乡下去世了，我回家奔丧。小时候的大娘、大婶见了我就问：

“寻（读若 xín）了媳妇没有？”

这问题好回答。我敬谨答曰：

“寻了。”

“是一个庄上的吗？”

我一时语塞，知道乡下人没有进过城，他们不知道城里不是村庄。想解释一下，又怕三言两语说不清楚，最终还是弄一个“丈二和尚，摸不着头脑”。我一时灵机一动，采用了鲁迅先生的办法，含糊答曰：

“唔！唔！”

谁也不知道“唔，唔”是什么意思。妙就妙在谁也不知道是什么意思。乡下的大娘、大婶不是哲学家，不懂什么逻辑思维，她们不“打破砂锅问到底”。我的口试就算及了格。

这一件小事虽小，它却充分说明了乡下人和城里人的思维和情趣是多么不同。回头再谈鸟儿。城里不是鸟的天堂。除了麻雀以外，别的鸟很少见到。常言道：物以稀为贵。于是城里的鸟就“贵”起来了，城里一些人对鸟也就有了感情。如果碰巧能看到高树顶端上的鸟窝，那简直是一件稀罕事儿。小孩子会在树下面拍手欢跳。

中国古代的诗人，虽然有的出生在乡下，但是科举，当官一定是在城里。既然是诗人，感情定是十分细腻。这种细腻表现在方方面面，也表现在对鸟，特别是对鸟鸣的喜爱上。这样的诗句，用不着去查书，一回想就能够想到一大堆。“鸟鸣山更幽”，“月出惊山鸟，时鸣春涧中”，“两个黄鹂鸣翠柳，一行白鹭上青天”，“荡胸生层云，决眦入归鸟”，“人归山郭暗，雁下芦洲白”，“微雨霭芳原，春鸠鸣何处”，“空山百鸟散还合，万里浮云阴且晴。嘶酸刍雁失群夜，断绝胡儿恋母声”，“川为静其波，鸟亦罢其鸣”等等，用不着再多举了。中国古代诗人对鸟和鸟鸣感情之深概可想见了。

只有陶渊明的一句诗，我觉得有点怪。“犬吠深巷中，鸡鸣桑树巅”。鸡飞上树去高声鸣叫，我确实没有见过。“鸡鸣桑树巅”，这一句话颇为突兀。难道晋朝江西的鸡真有飞到桑树顶上去高叫的脾气吗？

不管怎样，中国古代诗人对鸟及其鸣声特别敏感，已是一个彰明昭著的事实。再看一看西方文学，不能不感到其间的差别。西方诗歌中，除了云雀和夜莺外，其他的鸟及其鸣声似乎很少受诗人的垂青。这里面是否也含有很深的审美情趣的差别呢？是否也含有东西方诗人，再扩而大之是一般人之间对大自然的关系的差别呢？姑妄言之。

我绕弯子说了半天，无非是想说中国的城里人对鸟比较有感情而已。我这个由乡下人变为城里人的人，也逐渐爱起鸟来。可惜我半辈子始终是在大城市里转，在中国是如此，在德国和瑞士仍然是如此。空有爱鸟之心，爱的对象却难找到，在心灵深处难免感到惆怅。

一直到四十多年前，我四十多岁了，才从沙滩——真像是一片沙漠——搬到风光旖旎林木蓊郁的燕园里来。这里虽处城市，却似乡村，真正是鸟的天堂。我又能看到鸟了；不是一只，而是成群；不是一种，而是多种；不但看到它们飞，而且听到它们叫；不但看到它们在草地上蹦跳，而且看到高树顶上搭窝。我真是顾而乐之，多年干涸的心灵似乎又注入了一股清泉。

在众多的鸟中，给我印象最深、我最喜爱的还是喜鹊。在我住的楼前，沿着湖畔，有一排高大的垂柳，在马路对面则是一排高耸入云的杨树。楼西和楼后，小山下面，有几棵高大的榆树，小山上有一棵至少有六七百年的古松。可以说我们的楼是处在绿色丛中。我原住在西门洞的二楼上，书房面西，正对着那几棵榆树。一到春天，喜鹊和其他鸟的叫声不停。喜鹊不知道是通过什么方式，大概是既无父母之命，也没有媒妁之言，自由恋爱，结成了情侣，情侣不停地在群树之间穿梭飞行，嘴里往往叼着小树枝，想到什么地方去搭窝。我天天早上最大的乐趣就是看喜鹊们箭似的飞翔，喳喳地欢叫，往往能看上、听上半天。

有一天，完全出我的意料，然而又合乎我的心愿，窗外大榆树上有一团黑色的东西，我豁然开朗：这是喜鹊在搭窝。我现在不用出门就能够看到喜鹊窝了，乐何如之。从此我的眼睛和耳朵完全集中到这一对喜鹊和它们的窝上，其他的鸟鸣声仿佛都不存在了。每次我看书写作疲倦了，就向窗外看一看。一看到喜鹊窝就像郑板桥看到白银那样，“心花怒放，书画皆佳”。我的灵感风起云涌，连记忆力都仿佛是变了样子，大有过目不忘之慨了。

光阴流转，转瞬已是春末夏初。窝里的喜鹊小宝宝看样子已经成长起来了。每当刮风下雨，我心里就揪成一团，我很怕它们的窝经受不住风吹雨打。当我看到，不管风多么狂，雨多么骤，那一个黑蘑菇似的窝仍然固若金汤，我的心就放下了。我幻想，此时喜鹊妈妈和喜鹊爸爸正在窝里伸开了翅膀，把小宝宝遮盖得严严实实，喜鹊一家正在做着甜美的梦，梦到燕园风和日丽；梦到燕园花团锦簇；梦到小虫子和小蚱蜢自己飞到窝里来，小宝宝食用不尽；梦到湖光塔影忽然移到了大榆树下面……

这一切原本都是幻影，然而我却泪眼模糊，再也无法幻想下去了。我从小失去了慈母，失去了母爱。一个失去了母爱的人，必然是一个心灵不完整或不正常的人。在七八十年的漫长时期中，不管是什么时候，也不管我是在什么地方，只要提到了失去母爱，失去母亲，我必然立即泪水盈眶。对人是如此，对鸟兽也是如此。中国古人常说“终天之恨”，我这真正是“终天之恨”了，这个恨只能等我离开人世才能消泯，这是无可怀疑的了。中国古诗说：“劝君莫打三春鸟，子在巢中待母归”，真是蔼然仁者之言，我每次暗诵，都会感到心灵震撼的。

但是，天有不测风云，鸟有旦夕祸福。正当我为这一家幸福的喜鹊感到幸福而自我陶醉的时候，祸事发生了。一天早上，我坐在书桌前，真是无巧不成书，我一抬头正看到一个小男孩赤脚爬上了那一棵榆树，伸手从喜鹊窝里把喜鹊宝宝掏了出来。掏了几只，我没有看清，不敢瞎说。总之是掏走了。只看这一个小男孩像猿猴一般，转瞬跳下树来，前后也不过几分钟，手里抓着小喜鹊，消逝得无影无踪了。我很想下楼去干预一下；但是一想到在浩劫中我头上戴的那一摞可怕的沉重的帽子，都还在似摘未摘之间，我只能规规矩矩，不敢乱说乱动。如果那一个小男孩是工人的孩子，那岂不成了“阶级报复”了吗！我吃了老虎心、豹子胆，也不敢动一动呀。我只有伏在桌上，暗自啜泣。

完了，完了，一切全完了。喜鹊的美梦消失了，我的美梦也消失了。我从此抑郁不乐，甚至不敢再抬头看窗外的大榆树。喜鹊妈妈和喜鹊爸爸的心情我不得而知。他们痛失爱子，至少也不会比我更好过。一连好几天，我听到窗外这一对喜鹊喳喳哀鸣，绕树千匝，无枝可依。我不忍再抬头看它们。不知什么时候，这一对喜鹊不见了。它们大概是怀着一颗破碎的心，飞到什么地方另起炉灶去了。过了一两年，大榆树上的那一个喜鹊窝，也由于没加维修，鹊去窝空，被风吹得无影无踪了。

我却还并没有死心，那一棵大榆树不行了，我就寄希望于其他树木。喜鹊们选择搭窝的树，不知道是根据什么标准。根据我这个人的标准，我觉得，楼前，楼后，楼左，楼右，许多高大的树都合乎搭窝的标准。我于是就盼望起来，年年盼，月月盼，盼星星，盼月亮，盼得双眼发红光。一到春天，我出门，首先抬头往树上瞧，枝头光秃秃的，什么东西也没有。我有时候真有点发急，甚至有点发狂，我想用眼睛看出一个喜鹊窝来。然而这一切都白搭，都徒然。

今年春天，也就是现在，我走出楼门，偶尔一抬头，我在上面讲的那一棵大榆树上，在光秃秃的枝干中间，又看到一团黑乎乎的东西。连年来我老眼昏花，对眼睛已经失去了自信力，我在惊喜之余，连忙擦了擦眼，又使劲瞪大了眼睛，我明白无误地看到了：是一个新搭成的喜鹊窝。我的高兴是任何语言文字都无法形容的。然而福不单至。过了不久，临湖的一棵高大的垂柳顶上，一对喜鹊又在忙忙碌碌地飞上飞下，嘴里叼着小树枝，正在搭一个窝。这一次的惊喜又远远超过了上一回。难道我今生的华盖运真已经交过了吗？

当年爬树掏喜鹊窝的那一个小男孩，现在早已长成大人了吧。他或许已经留了洋，或者下了海，或者成了“大款”。此事他也许早已忘记了。我潜心默祷，希望不要再出这样一个孩子，希望这两个喜鹊窝能够存在下去，希望在燕园里千百棵大树上都能有这样黑蘑菇似的喜鹊窝，希望在这里，在全中国，在全世界，人与鸟都能和睦融洽像一家人一样生活下去，希望人与鸟共同造成一个和谐的宇宙。

1994 年 2 月 25 日

游天池

有如一个什么神仙，从天堂上什么地方，把一个神仙的池塘摔了下来，落到地上，落到天山里面，就成了现在的天池。

民间流传的神话说，半山的小天池是王母娘娘的洗脚盆，山顶上的大天池是王母娘娘的浴池。如果真有一个王母娘娘的话，她的洗脚盆或者浴池大概也只能是这个样子。“西望瑶池降王母”，唐代大诗人杜甫已经这样期望过了。至于她究竟降下来了没有，我们不得而知。如今却只是王母已乘青鸾去，此地空余双天池。

今天我们就来到了这个天池。

早就听到新疆朋友们说，到新疆来而不去天池，那就等于没有来。我们决不甘心到了新疆而等于没有来。所以在百忙中冒着传说中天池的寒气从乌鲁木齐趱行两百多里路来到了这里。

天山像一团黑云，横亘天际。从很远的地方就可以望到山顶上白皑皑的雪峰，插入蔚蓝的天空。我在内地从来没有看到过真正的雪峰。来到这里，乍一看到，眼前仿佛一下子亮了起来，兴致也随之而腾涌。车子一开进大山，不时看到哈萨克牧民赶着羊群或马群，用老黄牛驮着蒙古包，从山上迤逦走下山来。耳朵里听到的是从万古雪峰上溶化后流下来的雪水在路旁山溪中潺湲的声音。靠近我们的山峰顶上并没有雪，只是在山脊的背阴处长满茂密的松林，据说是原始森林。一棵棵古松都长得苍劲挺直，整整齐齐地排在那里。不长松林的地方，也都是绿草如茵，青翠如碧琉璃。在这些山峰的背后，就是万古雪峰，仿佛近在眼前，伸手就能够抓一把雪过来。然而，据说有一些雪峰还没有人爬上去过哩。

在一路泉声的伴奏下，车子盘旋而上。有时候路比较平坦；有时候则非常陡。往往是转过一个大弯以后，下视走过的山路，深深地落到脚下，令人目眩不敢久视。走到半山的时候，路旁出现了一个圆圆的颜色深绿的池塘，这就是所谓小天池。在这样高的地方，有这样深的池塘，不是从天上摔下来又是从什么地方来的呢？汽车再往上盘旋，最后来到一个山脊上。眼前豁然开朗，久仰大名的大天池就展现在眼前。烟波浩渺，水色深碧，据说是深不可测。在海拔两千米的地方，在众山环抱中，在一系列小山的下面，居然有这样一个湖泊。不见是不会相信的，见了仍然不能相信。这更加强了我的疑问：不是从天山摔下来又是从什么地方来的呢？在这里，幻想大有驰骋的余地，神话也大有销售的市场。天池对面的山坡上长满了挺拔的青松。青松上面是群峰簇列。在众峰之巅就露出了雪峰，在阳光下亮晶晶闪着白光，仿佛离我们更近了。我们此时心旷神怡，逸兴遄飞，面对神话般的雪峰，真像是羽化而登仙了。

在池边的乱石堆中，却另有一番景象。这里人来人往，摩肩接踵，吵吵嚷嚷，拥拥挤挤，一点也没有什么仙气。有很多工厂或者什么团体，从几百里路以外，用汽车运来了肥羊，就在池边乱石堆中屠宰，鲜血溅地，赤如桃花；而且就地剥皮剔肉，把滴着鲜血的羊皮晒在石头上。在石旁支上大锅，做起手抓饭来。碧水池畔，炊烟滚滚；白山脚下，人声喧哗。那些带着酒瓶和乐器的人，又吃又喝，载歌载舞，划拳之声，震响遐迩。卖天山雪莲的人，也挤在里面，大凑其热闹。连那些哈萨克人放牧的牛，没有人管束，也挤在人群中，尖着一双角，摇着尾巴，横冲直撞，旁若无人。我想，不但这些牛心中眼中没有什么雪峰天池，连那些人，心中眼中也同样没有什么雪峰天池。他们眼中看到的只是一碗手抓羊肉，一杯美酒。他们不过是把吃手抓羊肉的地方调换一下而已。我仿佛看到雪峰在那里蹙眉，天池在那里流泪……

至于我们自己，我们从远方来的人却是心中只有天池，眼中只有雪山。我恨不能把这白山绿水搬到关内，让广大的人民共饱眼福。这当然是不可能的。我只有瞪大了眼睛，看着天池和雪峰，我想用眼睛把它们搬走。我看着，看着，眼前的景色突然变幻。王母娘娘又回来了。她正驾着青鸾，飞翔在空中，仙酒蟠桃，翠盖云旗，随从如云，侍女如雨，飞过雪峰，飞过青松，就停留在天池上面。“于是屏翳收风，川后静波，冯夷鸣鼓，女娲清歌。腾文鱼以警乘，鸣玉銮以偕逝。六龙俨其齐首，载云车之容裔。鲸鲵踊而夹毂，水禽翔而为卫。”此时云霞满天，彩虹如锦，幻成一幅五色缤纷的画图。

但是，幻象毕竟只是幻象。一转瞬间，一切都消逝无余。展现在眼前的仍然是碧波荡漾的天池、郁郁葱葱的青松、闪着白光的雪峰和熙攘往来的人群。这时候，日头已经有点偏西。雪峰的阴影似乎就要压了下来。是我们下山的时候了。我们又沿着盘山公路，驶下山去。走到小天池的时候，回望雪峰，在大天池只能看到两座峰顶，这里却看到了五座，白皑皑，亮晶晶刺入蔚蓝无际的晴空。

1979 年 8 月 3 日写于乌鲁木齐野营地

1980 年 5 月 14 日改毕于北京

我爱北京

我爱北京!

我不是北京生人，但是前后在北京居住了将近五十年，算得上一个老北京了。六十年前，当我第一次从山东老家来北京的时候，我是一个不满十九岁的乡下人，没有见过大世面。一下火车，听到那些手里拿着布掸子给旅客掸土借以讨得几枚铜圆的老妇人那一口抑扬顿挫嘹亮圆润的京片子，仿佛听到仙乐一般，震撼了我内心深处。我觉得北京真是一个奇妙的好地方，一个有文化有教养的城市。我从此学会了一件事：我爱北京。

在清华园里住了四年，然后回到故乡的一个高级中学里教了一年国文，就到欧洲去了。在那里一住就是将近十一年。1946 年深秋，我终于倦鸟归林，又回到了北京。从那时到现在一住又是四十多年，没有迁移到任何别的城市去。今后我大概也不会移家他处，我要终老于斯了。

我爱北京!

在新中国成立前的二十年中，北京基本上没有变，城垣高耸，宫阙连云，红墙黄瓦，相映生辉，驼铃与电车齐鸣，蓝天共碧水一色，一种古老的情味，弥漫一切。这是北京美的一方面。“无风三尺土，有雨一街泥”，这是北京并不怎样美的一方面。不管美与不美，北京在我心中总是美的。在我离开北京远处异域的那十多年中，我不但经常想到北京，而且经常梦到北京，我是多么想赶快回到北京的怀抱里来呀！

中华人民共和国成立以后，北京，同全国人民一样，走上了一个崭新的发展阶段。城市面貌日新月异，真正达到了一天等于二十年的速度。我记得曾读过老舍先生的一篇文章（也许是亲自听他说的），他说，他这老北京，只要几天不出门，出门就吃一惊：什么地方又起了一座摩天高楼，什么地方街道变了样子，他因此甚至迷路，走不回家来。

变化不是坏事，而是好事。可是人们的思想往往跟不上。五十年代的前一半，有几年我是北京市人大代表。我记得最清楚的一件事，是拆除天安门前东西两座牌楼引起了风波。在人大全体会议上，代表们争论激烈，各不相让。最后请出了北京市主管交通的一个处长，到大会上来汇报，历数这两座牌楼造成的交通恶性事故，也举出了伤亡人数。在事实面前，大家终于统一了思想，举手通过拆除方案。市府立即下令执行。我是一个保守思想颇浓的人，我原来也属于反对拆除派。到了今天，天安门广场已经完全变了样子，成为世界上最大的广场。如果当年不拆除那两座牌楼，今天摆在那里，最多像两个火柴盒，在车水马龙中，不但影响交通，而且不也显得十分滑稽吗？

我们常说，看问题要有预见性。但是，说起来容易，做起来难。我们往往囿于眼前的情况，不能自拔。及至时过境迁，才豁然开朗，恍然大悟，狠狠地吃上一服后悔药。我自己不知吃了多少后悔药，头脑才比较清醒一点。我深深知道，今之视昔，亦犹后之视今。但前者易而后者难。我们不应该害怕变化，否则将来还要吃后悔药的。

但是，是不是所有的变化都是好事呢？也不见得。以北京为例。北京不是没有变，而是有的地方变得过了头，在大变中应该保留一点不变，那就好多了。比如北京城内的核心地区，以故宫为中心，就应该比较完整地保留下来。然而这一点我们并没能做到。新建的一些摩天大楼破坏了这个地区的完整性，实在很可惜。从前人们登上景山最高处或者北海白塔，纵目南望，在红墙中的黄琉璃瓦屋顶，在阳光中闪出金光，仿佛在那里波动，宛如一片黄色的海洋。这种景色世界上任何地方都是看不到的，然而现在已经遭到一些破坏，回天无术了。

又比如北京的城墙，完全可以像西安那样，有选择地保留几段，修成城垣公园，供国内外的游人登临欣赏，岂非天下乐事！现在却是完全、彻底、干净、全部地拆掉了。同样是回天无术了。

建设首都，可以允许同建设其他大城市有所不同。这种做法世界上不乏先例。比如说联邦德国的首都波恩，是一座相当小的城市。城内不允许建立重工业，连轻工业据说也只有一个小小的玻璃厂（？）。城内既无污染，也没有噪音，街道洁净，空气新鲜，交通不拥挤，整个城市宛如一座安静的花园。我们为什么一定要把北京建成一座所谓“生产的”城市呢？我觉得，这也是一个走极端的例子。联邦德国有一个“消费城市”首都波恩，美国有一个“消费城市”首都华盛顿，难道影响了他们生产力的发展吗？

我上面谈到，我初到北京时，觉得北京真是一个有文化的城市，北京人待人接物都彬彬有礼。到了今天，这种风气似乎有点变样了。有一些人，特别是青年人，似乎没有为这种风气所感染，有点“异化”了。我只希望，这只是局部的现象。我希望，所有的新老北京人都想到自己所处的地位，努力把那种优良的风气发扬光大，使我们这个泱泱大国的首都真正成为一个有文化有教养的城市，不但能为全国各族人民的表率，而且能给国际友人以良好的印象。只有这样，我们才对得起这一个千年古都。

我始终认为，北京不仅是中国人民的北京，而且是世界的北京。我曾多次站在天安门广场上，浮想联翩，上天下地，觉得脚下踏的这一块土地，内联五湖，外达四海，上凌牛斗，下镇大地，呼吸与日月相通，颦笑与十亿共享，真是一块了不起的地方。我国各族人民对北京的爱，就是对祖国的爱。世界各国人民来访中国，必须先访北京。北京，在全国人民心中，在全世界人民心中，就占有这样特殊的位置。

今天，北京似乎返老还童了。北京已经变化了，正在变化着，而且还将继续变化下去。我以垂暮之年，能生活在这个城市里，真是莫大的幸福。

我爱北京！

1989 年 2 月 28 日

一个值得担忧的现象
——再论包装

我在这里写的“值得担忧”，不限于中国，而是全世界。

我曾写过一篇《论包装》的文章，内容主要是谈外面包装极大而里面的商品极小的问题。现在这一篇《再论包装》，主要谈的是外面包装和里面商品的价值问题。重点有所不同，而令人担忧则一也。

我先举一个小例子。

最近有友人从山东归来，带给我了一些周村烧饼。这是山东周村生产的一种点心。作料异常简单，只不过一点面粉、一点芝麻，再加上一点糖或盐，用水和好，擀成薄皮，做成圆饼，放在炉中烤干，即为成品，香脆可口，远近闻名，大概已经有几百年的历史了。因为成本极低，所以价钱不高。过去只是十个或八九个一摞，用白纸一包，即可出售。烧饼吃完，把纸一揉，变成垃圾，占地也不多。

常言道："士别三日，当刮目相看。"岂知这一句话也能应用到周村烧饼身上。现在友人送给我的这些烧饼，完全换了新装，不是白纸，而是铁盒，彩绘烫金，光彩夺目。夥颐！我的老朋友阔起来了！我不禁大为惊诧。

在惊诧之余，我又不禁忧心忡忡起来。我不是经济学家，这里也用不着经济学。只草草地估算一下，那几个烧饼能值几个钱？这金碧辉煌的铁盒又能值多少钱？显然后者比前者要贵得多。可是哪一个有使用价值呢？又显然只是前者。烧饼吃下去，可以充饥，可以转变成营养成分，增强人的身体。铁盒，如果只有一两个的话，小孩子可以拿着玩一玩。如果是成千上万的话，却只能变成了垃圾，遭人遗弃。《论包装》中提到的那一些大而无当的包装，把其中小小的一点商品取出来后，也都成为垃圾。

这有点像中国古书上的一个典故："买椟还珠"。但是，这个典故不过是讥笑舍本逐末，取舍不当而已，那个椟还是有用的，绝不会变成垃圾。

古代人生活简朴，没有多少垃圾，也绝不会自己制造垃圾。到了今天，人类大大地进步了。然而却越来越蠢了，会自己制造垃圾，以致垃圾成为一个世界性问题。每一个国家的政府都为处理垃圾而大伤脑筋，至今也还没有能找到一个行之有效的办法。如此持续下去，将来的人类只能在垃圾堆里讨生活了。

但是，还有更严重的问题。人类衣、食、住、行的资料都取之于大自然。但是，小小的一个地球村里资源毕竟是有限的。当年苏东坡说:“惟江上之清风，与山间之明月，耳得之而为声，目遇之而成色，取之无禁，用之不竭，是造物之无尽藏也。”东坡认为造物无尽藏，是不正确的。造物是有尽藏的，用之是有竭的。可惜到了今天，世人还多是浑浑噩噩，懵懵懂懂，毫无反思悔改之意。尤其是那一个以世界警察自居的大国，在使用大自然资源方面，肆无忌惮地浪费，真不禁令人发指。有识之士已经感觉到，人类已经是“盲人骑瞎马，夜半临深池”，但感觉到这种危险者不多。这是事实，并不是我一个人的杞忧。

我希望有聪明智慧的中国人，悬崖勒马，改弦更张，再也不制造那一种大而无当的商品包装和那种金碧辉煌的商品铁盒，给我们的子孙后代多留下一点大自然的资源。

2002 年 5 月 10 日

“天人合一”新解

“天人合一”是中国哲学史上的一个非常重要的命题。中外治中国哲学史的学者，哪一个也回避不开。但是，对这个命题的理解、解释和阐述，却相当分歧。学者间理解的深度和广度、理解的角度，也不尽相同。这是很自然的，几乎没有哪一个哲学史上的命题的解释是完全一致的。

我在下面先简略地谈一谈这个命题的来源，然后介绍一下几个有影响的学者对这个命题的解释，最后提出我自己的看法，也可以说是“新解”吧。对于哲学，其中也包括中国哲学，我即使不是一个完全的门外汉，最多也只能说是一个站在哲学门外向里面望了几眼的好奇者。但是，天底下的事情往往有非常奇怪的，真正的内行“司空见惯浑无事”，对一些最常谈的问题习以为常，熟视无睹，而外行人则怀着一种难免幼稚但却淳朴无所蔽的新鲜的感觉，看出一些门道来。这个现象在心理学上很容易解释，在人类生活和科学研究中，并不稀见。我希望，我就是这样的外行人。

我先介绍一下这个命题的来源和含义。

什么叫“天人合一”呢？“人”，容易解释，就是我们这一些芸芸众生的凡人。“天”，却有点困难，因为“天”字本身含义就有点模糊。在中国古代哲学家笔下，天有时候似乎指的是一个有意志的上帝。这一点非常稀见。有时候似乎指的是物质的天，与地相对。有时候似乎指的是有智力有意志的自然。我没有哲学家精细的头脑，我把“天”简化为大家都能理解的大自然。我相信这八九不离十，离开真理不会有十万八千里。这对说明问题也比较方便。中国古代的许多大哲学家，使用“天”这个字，自己往往也有矛盾，甚至前后抵触。这一点学哲学史的人恐怕都是知道的，用不着细说。

谈到“天人合一”这个命题的来源，大多数学者一般的解释都是说源于儒家的思孟学派。我觉得这是一个相当狭隘的理解。《中华思想大辞典》说：“主张‘天人合一’，强调天与人的和谐一致是中国古代哲学的主要基调。”这是很有见地的话，这是比较广义的理解，是符合实际情况的。我现在就根据这个理解来谈一谈这个命题的来源，意思就是，不限于思孟，也不限于儒家。我先补充上一句：这个代表中国古代哲学主要基调的思想，是一个非常伟大的、含义异常深远的思想。

为了方便起见，我还是先从儒家思想介绍起。《周易·乾卦·文言》说：“夫‘大人’者，与天地合其德，与日月合其明，与四时合其序，与鬼神合其吉凶，先天而天弗违，后天而奉天时。”这里讲的就是“天人合一”的思想，这是人生的最高的理想境界。

孔子对天的看法有点矛盾。他时而认为天是自然的，天不言而四时行，而万物生。他时而又认为，人之生死富贵皆决定于天。他不把天视作有意志的人格神。

子思对于天人的看法，可以《中庸》为代表。《中庸》说：“能尽人之性，则能尽物之性；能尽物之性，则可以赞天地之化育；可以赞天地之化育，则可以与天地参矣。”

孟子对天人的看法基本上继承了子思的衣钵。《孟子·万章上》说：“莫之为而为者，天也；莫之致而至者，命也。”天命是人力做不到达不到而最后又能使其成功的力量，是人力之外的决定的力量。孟子并不认为天是神；人们只要能尽心养性，就能够认识天。《孟子·尽心上》说：“尽其心者，知其性也；知其性，则知天矣。”

到了汉代，汉武帝独尊儒术。董仲舒是当时儒家的代表。是他认真明确地提出了“天人之际，合而为一”的思想。《春秋繁露·人副天数》中说：“人有三百六十节，偶天之数也；形体骨肉，偶地之厚也；上有耳目聪明，日月之象也；体有空窍理脉，川谷之象也。”《春秋繁露·阴阳义》中说：“天亦有喜怒之气，哀乐之心，与人相副，以类合之，天人一也。”董仲舒的天人合一思想，是非常明显的。他的天人感应说，有时候似乎有迷信色彩，我们不能不加以注意。

到了宋代，是中国所谓“理学”产生的时代。此时出了不少大儒。尽管学说在某一些方面也有所不同，但在“天人合一”方面，几乎都是相同的。张载明确地提出了“天人合一”的命题。程颐说：“天、地、人，只一道也。”

宋以后儒家关于这一方面的言论，我不再介绍了。我在上面已经说过，这个思想不限于儒家。如果我们从更宏观的角度来看这个问题，把“天人合一”理解为人与大自然的关系，那么在儒家之外，其他道家、墨家和杂家等等也都有类似的思想。我在此稍加介绍。

老子说：“人法地，地法天，天法道，道法自然。”王弼注说：与自然无所违。《庄子·齐物论》说：“天地与我并生，而万物与我为一。”看起来道家在主张天人合一方面，比儒家还要明确得多。墨子对天命鬼神的看法有矛盾。他一方面强调“非命”“尚力”，人之富贵贫贱荣辱在力不在命。但是在另一方面，他又推崇“天志”“明鬼”。他的“天”好像是一个有意志行赏罚的人格神。天志的内容是兼相爱。他的政治思想，比如兼爱、非攻、尚贤、尚同，也有同样的标记。至于吕不韦，在《吕氏春秋·应同》中说：“成齐类同皆有合，故尧为善而众善至，桀为非而众非来。〈高箴〉云：‘天降灾布祥，并有其职。’”这里又说：“山云草莽，水云鱼鳞，旱云烟火，雨云水波，无不皆类其所生以示人。”从这里可以看出，吕氏主张自然（天）是与人相应的。

中国古代“天人合一”的思想，就介绍这样多。我不是写中国哲学史，不过聊举数例说明这种思想在中国古代十分普遍而已。

不但中国思想如此，而且古代东方思想也大多类此。我只举印度一个例子。印度古代思想派系繁多。但是其中影响比较大、根底比较雄厚的是人与自然合一的思想。印度使用的名词当然不会同中国一样。中国管大自然或者宇宙叫“天”，而印度则称之为“梵”（brahman）。中国的“人”，印度称之为“我”（Ātman，阿特曼）。总起来看，中国讲“天人”，印度讲“梵我”，意思基本上是一样的。印度古代哲学家有时候用 tat（等于英文的 that）这个字来表示“梵”。梵文 tatkartṛ。表面上看是“那个的创造者”，意思是“宇宙的创造者”。印度古代很有名的一句话 tat tvam asi，表面上的意思是“你就是那个”，真正的含义是“你就是宇宙”（你与宇宙合一）。宇宙，梵是大我；阿特曼，我是小我。奥义书中论述梵我关系常使用一个词儿 Brahmātmaikyam，意思是“梵我一如”。吠檀多派大师商羯罗（Śaṅkara，约公元 788 年—820 年），张扬不二一元论（Advaita）。大体的意思是，有的奥义书把“梵”区分为二：有形的梵和无形的梵。有形的梵指的是现象界或者众多的我（小我）；无形的梵指的是宇宙本体最高的我（大我）。有形的梵是不真实的，而无形的梵才是真实的。所谓“不二一元论”就是说：真正实在的唯有最高本体梵，而作为现象界的我（小我）在本质上就是梵，二者本来是同一个东西。我们拨开这些哲学迷雾看一看本来面目。这一套理论无非是说梵我合人，也就是天人合一，中印两国的思想基本上是一致的。①

从上面的对中国古代思想和印度古代思想的介绍中，我们可以看到，尽管使用的名词不同，而内容则是相同的。换句话说，“天人合一”的思想是东方思想的普遍而又基本的表露。我个人认为，这种思想是有别于西方分析的思维模式的东方综合的思维模式的具体表现。这个思想非常值得注意，非常值得研究，而且还非常值得发扬光大，它关系到人类发展的前途。

专就中国哲学史而论，我在本文一开头就说道：哪一个研究中国哲学史的学者也回避不开“天人合一”这个思想。要想对这些学者们的看法一一详加介绍，那是很难以做到的，也是没有必要的。我在下面先介绍几个我认为有代表性的哲学史家的看法，然后用比较长一点的篇幅来介绍中国现当代国学大师钱宾四（穆）先生的意见，他的意见给了我极大的启发。

首先介绍中国著名的哲学史家冯芝生（友兰）先生的意见。芝生先生毕生研究中国哲学史，著作等身，屡易其稿，前后意见也不可避免地不能完全一致。他的《中国哲学史》是一部皇皇巨著，在半个多世纪的写作过程中，随着时代潮流的变换，

---

① 参阅姚卫群《吠檀多派哲学的梵我关系理论》，《南亚研究》1992 年第三期，第 37—44 页。

屡屡改变观点，直到逝世前不久才算是定稿。我不想在这里详细讨论那许多版本的异同。我只选出一种比较流行的也就是比较有影响的版本，加以征引，略做介绍，使读者看到冯先生对这个“天人合一”思想的评论意见。我选的是 1984 年中华书局版的《中国哲学史》。他在上册页 164 谈到孟子时说：“‘万物皆备于我’；‘上下与天地同流’等语，颇有神秘主义之倾向。其本意如何，孟子所言简略，不能详也。”由此可见，冯先生对孟子“天人合一”的思想没有重视，认为“有神秘主义倾向”。看来他并不以为这种思想有什么了不起。他的其他意见不再具引。

第二个我想介绍的是中国著名的思想史家侯外庐先生。他在《中国思想通史》（1957 年，人民出版社）第一卷，页 380，谈到《中庸》的“天人合一”的思想。他引用了《中庸》的几段话，其中包括我在上面引的那一段。在页 381 侯先生写道：“这一‘天人合一’的思想，已在西周的宗教神上面加上了一层‘修道之谓教’。”看来这一位中国思想史专家，对“天人合一”思想的理解与欣赏水平，并没能超过冯友兰先生。

我想，我必须引征一些杨荣国先生的意见，他代表了一个特定时代的御用哲学家的意见。他是“十年浩劫”中几乎仅有的一个受青睐的中国哲学史家。他的《简明中国哲学史》（1973 年，人民出版社）可以代表他的观点。在这一部书中，杨荣国教授对与“天人合一”思想有关的古代哲学家一竿子批到底。他认为孔子“要挽救奴隶制的危亡，妄图阻止人民的反抗”（页 25）。孔子的“政治立场的保守，决定他有落后、反动的一面”（同上）。对子思和孟子则说，“力图挽救种族统治、把孔子天命思想进一步主观观念化的唯心主义哲学”（页 29）。“孟子鼓吹超阶级的性善论”（页 34）。“由于孟子是站在反动的奴隶主立场，是反对社会向前发展的，所以他的历史观必然走上唯心主义的历史宿命论”（页 35）。“由是孔孟之道更加成为奴役劳动人民的精神枷锁。要彻底砸烂这些精神枷锁，必须批判孔孟哲学，并肃清其流毒和影响”（页 37）。下面对董仲舒（页 74—84），对周敦颐（页 165—169），对程颐（页 171—177），对朱熹（页 191—198）等等，所使用的词句都差不多，我不一一具引了。这同平常我们所赞同的批判继承的做法，不大调和。但是它确实代表了一个特定时期的思潮，读者不可不知，所以我引征如上。

最后，我想着重介绍当代国学大师钱穆（宾四）先生对“天人合一”思想的看法。

钱宾四先生活到将近百岁才去世。他一生勤勤恳恳，笔耕不辍，他真正不折不扣地做到了“著作等身”，对国学研究做出了极其重要的贡献。他涉猎方面极广，但以中国古代思想史为轴心。因此，在他漫长的一生中，在他那些大大小小长长短短的著述中，很多地方都谈到了“天人合一”。我不可能一一列举。我想选他的一种早期的著作，稍加申述；然后再选他逝世前不久写成的他最后一篇文章。两个地方都讲到“天人合一”；但是他对这个命题的评价却迥乎不同。我认为，这一件事情有极其重要的含义。一个像钱宾四先生这样的国学大师，在漫长的生命中，对这个命题最后达到的认识，实在是值得我们非常重视的。

我先介绍他早期的认识。

宾四先生著的《中国思想史》(《现代国民基本知识丛书》第一辑）中说：

> 中国思想，有与西方态度极相异处，乃在其不主向外觅理，而认真理即内在于人生界之本身，仅指其在人生界中之普遍者共同者而言，此可谓之内向觅理。

书中又说：

> 中国思想，则认为天地中有万物，万物中有人类，人类中有我。由我而言，我不啻为人类中心，人类不啻为天地万物之中心，而我又为其中心之中心。而我之与人群与物与天，寻本而言，则浑然一体，既非相对，亦非绝对。

在这里，宾四先生对“天人合一”的思想没有加任何评价。

大概他还没有感觉到这个思想有什么了不起之处。

但是，过了几十年以后，宾四先生在他一生最后的一篇文章《中国文化对人类未来可有的贡献》[①]中，对“天人合一”这个命题有了全新的认识。文章不长，《中国文化》系专门学术刊物又不大容易见到，我索性把全文抄在下面：

〔前言〕中国文化中，“天人合一”观，虽是我早年已屡次讲到，惟到最近始澈悟此一观念实是整个中国传统文化思想之归宿处。去年九月，我赴港参加新亚书院创校四十周年庆典，因行动不便，在港数日，常留旅社中，因有所感而思及此。数日中，专一玩味此一观念，而有澈悟，心中快慰，难以言述。我深信中国文化对世界人类未来求生存之贡献，主要亦即在此。惜余已年老体衰，思维迟钝，无力对此大体悟再作阐发，惟待后来者之继起努力。今适中华书局建立八十周年庆，索稿于余，姑将此感写出，以为祝贺。

中国文化过去最伟大的贡献，在于对“天”“人”关系的研究。中国人喜欢把“天”与“人”配合着讲。我曾说“天人合一”论，是中国文化对人类最大的贡献。

① 载刘梦溪主编的《中国文化》，1991 年 8 月第四期，页 93—96。

从来世界人类最初碰到的困难问题，便是有关天的问题。我曾读过几本西方欧洲古人所讲有关“天”的学术性的书，真不知从何讲起。西方人喜欢把“天”与“人”离开分别来讲。换句话说，他们是离开了人来讲天。这一观念的发展，在今天，科学愈发达，愈易显出它对人类生存的不良影响。

中国人是把“天”与“人”和合起来看。中国人认为“天命”就表露在“人生”上。离开“人生”，也就无从来讲“天命”。离开“天命”，也就无从来讲“人生”。所以中国古人认为“人生”与“天命”最高贵最伟大处，便在能把他们两者和合为一。离开了人，又从何处来证明有天。所以中国古人，认为一切人文演进都顺从天道来。违背了天命，即无人文可言。“天命”“人生”和合为一，这一观念，中国古人早有认识。我以为“天人合一”观，是中国古代文化最古老最有贡献的一种主张。

西方人常把“天命”与“人生”划分为二，他们认为人生之外别有天命，显然是把“天命”与“人生”分作两个层次，两个场面来讲。如此乃是天命，如此乃是人生。“天命”与“人生”分别各有所归。此一观念影响所及，则天命不知其所命，人生亦不知其所生，两截分开，便各失却其本义。绝不如古代中国人之“天人合一”论，能得宇宙人生会通合一之真相。

所以西方文化显然需要另有天命的宗教信仰，来作他们讨论人生的前提。而中国文化，既认为“天命”与“人生”同归一贯，并不再有分别，所以中国古代文化起源，亦不再需有像西方古代人的宗教信仰。在中国思想中，“天”“人”两者间，并无“隐”“现”分别。除却“人生”，你又何处来讲“天命”。这种观念，除中国古人外，亦为全世界其他人类所少有。

我常想，现代人如果要想写一部讨论中国古代文化思想的书，莫如先写一本中国古代人的天文观，或写一部中国古代人的天文学，或人生学。总之，中国古代人，可称为抱有一种“天即是人，人即是天，一切人生尽是天命的天人合一观”。这一观念，亦可说即是古代中国人生的一种宗教信仰，这同时也即是古代中国人主要的人生观，亦即是其天文观。如果我们今天亦要效法西方人，强要把“天文”与“人生”分别来看，那就无从去了解中国古代人的思想了。

即如孔子的一生，便全由天命，细读《论语》便知。子曰:“五十而知天命”，“天生德于予”。又曰:“知我者，其天乎！”“获罪于天，无所祷也。”倘孔子一生全可由孔子自己一人作主宰，不关天命，则孔子的天命和他的人生便分为二。离开天命，专论孔子个人的私生活，则孔子一生的意义与价值就减少了。就此而言，孔子的人生即是天命，天命也即是人生，双方意义价值无穷。换言之，亦可说，人生离去了天命，便全无意义价值可言。但孔子的私生活可以这样讲，别人不能。这一观念，在中国乃由孔子以后战国时代的诸子百家所阐扬。

读《庄子·齐物论》，便知天之所生谓之物。人生亦为万物之一。人生之所以异于万物者，即在其能独近于天命，能与天命最相合一，所以说“天人合一”。此义宏深，又岂是人生于天命相离远者所能知。果使人生离于天命远，则人生亦同于万物与万物无大相异，亦无足贵矣。故就人生论之，人生最大目标、最高宗旨，即在能发明天命。孔子为儒家所奉称最知天命者，其他自颜渊以下，其人品德性之高下，即各以其离于天命远近为分别。这是中国古代论人生之最高宗旨，后代人亦与此不远。这可以说是我中华民族论学分别之大体所在。

近百年来，世界人类文化所宗，可说全在欧洲。最近五十年，欧洲文化近于衰落，此下不能再为世界人类文化向往之宗主。所以可说，最近乃是人类文化之衰落期。此下世界文化又将何所向往？这是今天我们人类最值得重视的现实问题。

以过去世界文化之兴衰大略言之，西方文化一衰则不易再兴，而中国文化则屡仆屡起，故能绵延数千年不断。这可说，因于中国传统文化精神，自古以来即能注意到不违背天，不违背自然，且又能与天命自然融合一体。我以为此下世界文化之归结，恐必将以中国传统文化为宗主。此事涵义广大，非本篇短文所能及，暂不深论。

今仅举“天下”二字来说，中国人最喜言“天下”。“天下”二字，包容广大，其涵义即有，使全世界人类文化融合为一，各民族和平并存，人文自然相互调适之义。其他亦可据此推想。

我抄了宾四先生的全文。此文写于 1990 年 5 月。全抄的目的无非是想让读者得窥全豹。我不敢擅自加以删节，恐失真相。

我们把宾四先生早期和晚期的两篇著作一对比便发现，他晚年的这一篇著作，对“天人合一”的认识大大地改变了。他自己使用“澈悟”这个词，有点像佛教的“顿悟”。他自己称此为“大体悟”，说这“是中国文化对人类最大的贡献”，又说“此事涵义广大”，看样子他认为这是一件了不起的事。我们当然都非常希望知道，这“澈悟”的内容究竟是什么。可惜他写此文以后不久就谢世，这将成为一个永恒的谜。宾四先生毕生用力探索中国文化之精髓。积 80 年之经验，对此问题必有精辟的见解，可惜我们永远也不会知道了。

他在此文中一再讲“人类生存”。他讲得比较明确：“天”就是“天命”；“人”就是“人生”。这同我对“天”“人”的理解不大一样。但是，他又讲到“不违背天，不违背自然”，把“天”与“自然”等同，又似乎同我的理解差不多。他讲到中国文化与西方文化，认为“欧洲文化近于衰落”，将来世界文化“必将以中国传统文化为宗主”。这一点也同我的想法差不多。

宾四先生往矣。我不揣谫陋，谈一谈我自己对“天人合一”的看法，希望对读者有那么一点用处，并就正于有道。我完全同意宾四先生对这个命题的评价：涵义深远，意义重大。我在这里只想先提出一点来：正如我在上面谈到的，我不把“天”理解为“天命”，也不把“人”理解为“人生”；我认为“天”就是大自然，“人”就是我们人类。天人关系是人与自然的关系。看来在这一点上我同宾四先生意见是不一样的。

我怎样来解释“天人合一”呢？

话要说得远一点，否则不易说清楚。

最近四五年以来，我以一个哲学门外汉的身份，有点不务正业，经常思考一些东西方文化关系问题，思考与宾四先生提出的“此下世界文化又将何所向往”相似的问题。我先在此声明一句：我并不是受到宾四先生的启发才思考的，因为我开始思考远在他的文章写成以前。只能说是“不谋而合”吧。我曾在许多文章中表达了我的想法，在许多国际学术研讨会上，我也发表了一些讲话。由最初比较模糊，比较简单，比较凌乱，比较浅薄，进而逐渐深化，逐渐系统，颇得到国内外一些真正的行家的赞许。我甚至收到了从西班牙属的一个岛上寄来的表示同意的信。

那么，我是如何思考的呢？

详细的介绍，此非其地。我只能十分简略地介绍一下。我从人类文化产生多元论出发，我认为，世界上每一个民族，不管大小，都或多或少地对人类文化做出了贡献。自从人类有历史以来，共形成了四个文化体系：

一、中国文化

二、印度文化

三、从古代希伯来起经过古代埃及、巴比伦以至伊斯兰阿拉伯文化的闪族文化

四、肇端于古代希腊、罗马的西方文化

这四个文化体系又可以划分为两大文化体系：东方文化和西方文化。前三者属于东方文化，第四个属于西方文化。两大文化体系的关系是：三十年河西，三十年河东。

东西两大文化体系的区别，随处可见。它既表现在物质文化上，也表现在精神文化上。具体的例子不胜枚举。但是，我个人认为，两大文化体系的根本区别来源于思维模式之不同。这一点我在上面已经提到过：东方的思维模式是综合的，

西方的思维模式是分析的。勉强打一个比方，我们可以说：西方是“一分为二”，而东方则是“合二而一”。再用一个更通俗的说法来表达一下：西方是“头痛医头，脚痛医脚”，“只见树木，不见森林”，而东方则是“头痛医脚，脚痛医头”，“既见树木，又见森林”。说得再抽象一点：东方综合思维模式的特点是，整体概念，普遍联系；而西方分析思维模式则正相反。

现在我回到本题。“天人合一”这个命题正是东方综合思维模式的最高最完整的体现。

我在上面已经说到，我理解的“天人合一”是讲人与大自然合一。我现在就根据这个理解对人与自然的关系进行一些分析。

人，同其他动物一样，本来也是包括在大自然之内的。但是，自从人变成了“万物之灵”以后，顿觉自己的身价高了起来，要闹一点“独立性”，想同自然对立，要平起平坐了。这样才产生出来了人与自然的关系。

人类在成为“万物之灵”之前或之后，一切生活必需品都必须取给于大自然，衣、食、住、行，莫不皆然。人离开了自然提供的这些东西，一刻也活不下去。由此可见人与自然关系之密切、之重要。怎样来处理好人与自然的关系，就是至关重要的了。

据我个人的观察与思考，在处理人与自然的关系方面，东方文化与西方文化是迥乎不同的，夸大一点简直可以说是根本对立的。西方的指导思想是征服自然；东方的主导思想，由于其基础是综合的模式，主张与自然万物浑然一体。西方向大自然穷追猛打，暴烈索取。在一段时间以内，看来似乎是成功的：大自然被迫勉强满足了他们的生活的物质需求，他们的日子越过越红火。他们有点忘乎所以，飘飘然昏昏然自命为“天之骄子”“地球的主宰”了。东方人对大自然的态度是同自然交朋友，了解自然，认识自然；在这个基础上再向自然有所索取。“天人合一”这个命题，就是这种态度在哲学上的凝练的表述。东方文化曾在人类历史上占过上风，起过导向作用，这就是我所说的“三十年河东”。后来由于种种原因，时移势迁，沧海桑田，西方文化取而代之。钱宾四先生所说的：“近百年来，世界人类文化所宗，可说全在欧洲。”这就是我所说的“三十年河西”。世界形势的发展就是如此，不承认是不行的。

东方文化基础的综合的思维模式，承认整体概念和普遍联系，表现在人与自然的关系上就是人与自然为一整体，人与其他动物都包括在这个整体之中。人不能把其他动物都视为敌人，要征服它们。人吃一些动物的肉，实在是不得已而为之。从古至今，东方的一些宗教，比如佛教，就反对杀生，反对肉食。中国固有的思想中，对鸟兽表示同情的表现，比比皆是。最著名的两句诗：“劝君莫打三春鸟，子在巢中待母归。”是众所周知的。这种对鸟兽表示出来的怜悯与同情，十分感人，西方诗中是难以找到的。孟子的话“恻隐之心人皆有之”，也表现了同一种感情。

东西方的区别就是如此突出。在西方文化风靡世界的几百年中，在尖刻的分析思维模式指导下，西方人贯彻了征服自然的方针。结果怎样呢？有目共睹，后果严重。对人类的得寸进尺永不餍足的需求，大自然的忍耐程度并非无限，而是有限度的。在限度以内，它能够满足人类的某一些索取。过了这个限度，则会对人类加以惩罚，有时候是残酷的惩罚。即使是中国，在我们冲昏了头脑的时候，大量毁林造田，产生的后果，人所共知：长江变成了黄河，洪水猖獗肆虐。

从全世界范围来看，在西方文化主宰下，生态平衡遭到破坏，酸雨到处横行，淡水资源匮乏，大气受到污染，臭氧层遭到破坏，海、洋、湖、河、江遭到污染，一些生物灭种，新的疾病冒出等等，威胁着人类的未来发展，甚至人类的生存。这些灾害如果不能克制，则用不到一百年，人类势将无法生存下去。这些弊害目前已经清清楚楚地摆在我们眼前，哪一个人敢说这是危言耸听呢？

现在全世界的明智之士都已痛感问题之严重，但是却不一定有很多人把这些弊害同西方文化挂上钩。然而，照我的看法，这些东西非同西方文化挂上钩不行。西方的有识之士，从20世纪20年代起直到最近，已经感到西方文化行将衰落。钱宾四先生说：“最近五十年，欧洲文化近于衰落。”他的忧虑同西方眼光远大的人如出一辙。这些意见同我想的几乎完全一样，我当然是同意的，虽然衰落的原因我同宾四先生以及西方人士的看法可能完全不相同的。

有没有挽救的办法呢？当然有的。依我看，办法就是以东方文化的综合思维模式济西方的分析思维模式之穷。人们首先要按照中国人、东方人的哲学思维，其中最主要的就是“天人合一”的思想，同大自然交朋友，彻底改恶向善，彻底改弦更张。只有这样，人类才能继续幸福地生存下去。我的意思并不是要铲除或消灭西方文化。不是的，完全不是的。那样做，是绝对愚蠢的，完全做不到的。西方文化迄今所获得的光辉成就，绝不能抹煞。我的意思是，在西方文化已经达到的基础上，更上一层楼，把人类文化提高到一个前所未有的高度。“三十年河西，三十年河东”这个人类社会进化的规律能达到的目标，就是这样。

有一位语言学家讽刺我要“东化”。他似乎认为这是非圣无法大逆不道之举。愧我愚陋，我完全不理解：既然能搞“西化”，为什么就不能搞“东化”呢？

“风物长宜放眼量。”我们绝不应妄自尊大。但是我们也不应妄自菲薄。我们不应当囿于积习，鼠目寸光，认为西方一切都好，我们自己一切都不行。这我期期以为不可。

多少年来，人们沸沸扬扬，义形于色，讨论为什么中国自然科学不行，大家七嘴八舌，争论不休，都认为这是一件事实，不用再加以证明。然而事情真是这样吗？我自己对自然科学所知不多，不敢妄加雌黄。我现在吁请大家读一读中国当代数学大家吴文俊先生的一篇文章：《关于研究数学在中国的历史与现状》（见《自然辩证法通讯》1990年第四期）。大家从中一定可以学习很多东西。

总之，我认为，中国文化和东方文化中有不少好东西，等待我们去研究，去探讨，去发扬光大。“天人合一”就属于这个范畴。我对“天人合一”这个重要的命题的“新解”，就是如此。

1992年11月22日写毕

第二辑

与子同裳

梦游 21 世纪

21 世纪就在眼前，不久我们就能够亲身莅临，何劳梦游，但是，我们眼前还毕竟是处在 20 世纪中，要谈 21 世纪，只能梦游了。

21 世纪究竟是个什么样子呢？我不相信 20 世纪的最后一天和 21 世纪的最初一天会有什么区别。早晨，太阳照样从东方出来；晚上，太阳照样在西方落下，一切几乎都一模一样。

但是，我认为，既然是 21 世纪，必然有其特点，不过，这个特点绝不会一下子就显露出来的，这是一个缓慢的逐渐显露的过程。在这个世纪的初叶，只能渐露端倪，到了 2050 年左右，它已如日中天，整个特点都会毫无保留地显露出来了。

对于那一些特点，我现在只能做梦。

我梦到，近几百年以来，西方的科学技术给人民，全世界人民带来了空前的幸福；但是，其基础是“征服自然”，与自然为敌，因而受到了大自然的惩罚，产生了许多弊端，比如大气污染、环境污染、生态平衡、物种灭绝，如此等等，不一而足。切盼到了21世纪能有所改变，能改恶向善。要想做到这一点，必须以东方“天人合一”的思想，济西方思想之穷，也就是说，人类必须同大自然为友，双方互相了解，增进友谊，然后再伸手向大自然要衣，要食，要住，要行。只有这样，人类才能避免现在面临的这一些灾难。

我梦到，我们的国家继续安定团结，繁荣昌盛下去。政府中减少了官气，社会上杜绝了假冒伪劣。人民的伦理道德水平提高，人文素质教育加强。五十六个民族团结得像一个人。南方不再洪水泛滥，北方没有森林火灾。天比现在蓝，水比现在清，一片祥和气象。

我梦到，在每一个家庭里，父慈子孝，兄友弟恭，夫妻相敬相爱，相忍相让。像眼前这样的一些青年对恋爱和婚姻的轻率态度，再也看不到了。对待爱情坚贞真实，谁也不做露水夫妻，把离婚当作家常便饭。原本温馨的家庭更温馨了，原本不温馨的家庭变得逐渐温馨起来。在任何时代，人生都是一场搏斗，搏斗就难免惊涛骇浪。在这样的浪涛中，有胜利者，当然也有失败者。在整个社会中，家庭对这样的浪涛来说，就是一个安全的避风港。胜利者回到这个避风港中，在温馨的气氛中，细细品味这胜利的甜蜜；失败者回到这个避风港中，追忆和分析失败的教训，家庭的温馨会增强他的斗志。回忆之余，愤然而起，他又有了足够的勇气和力量，再回到社会中，继续拼搏，勇往直前，必须胜利在握而后止。家庭的作用大矣哉！

我梦到，个人也有了新的变化和起色。对世界来说，他是一个世界公民。对国家来说，他是一个国家公民。对社会来说，他是其中的一分子。他应当在道德方面不断修养和锻炼，能做到苟日新，又日新，日日新，成为一个有用的人，成为一个正直的人。对世界，对国家和社会，对家庭都能尽上应尽的责任。他绝不应当像杨花柳絮一样，虽然一时能飞满春城，但是随风飘荡，毫无自主能力，到头来，虽然给骚人墨客增添一些灵感，写出了美妙绝伦的诗词，自己最终却落到泥土地上，化为尘埃，消逝得无影无踪。

我想做和能做的梦还有很多很多，今天就先做这一些，至于能否成为现实，那就不能由我来决定，这要由每一个人自己决定，一方面要奋发图强，另一方面还必须靠点机遇，两者缺一不可。不管怎么样，我的梦是异常美妙的。我切盼，到了 21 世纪某一个时刻，我的梦能够完全实现，喜气盈大地，春色满寰中，全世界人民共庆升平。

1999 年 10 月 23 日

读朱自清《背影》

这几乎是一篇家喻户晓的名篇，自来论之者众矣。但是，我总觉得，还有许多话要说，所以写了这一篇短文。

从艺术性来看，这篇文章朴素无华，语言淳朴自然，毫无矫揉造作之处。这是朱自清先生一贯的文风，实际上用不着再多费笔墨，众多的评论家，在这一点上，意见几乎是完全一致的。

至于思想性，则可说的话就非常非常多了。我个人认为，有一些十分重要的话，过去并没有人说过，不能不影响对这一名篇的欣赏。

要想真正理解这一篇文章的含义，不能不从中华民族的文化、中华民族的历史谈起。什么是中华文化的精义呢？几乎言人人殊，论点多如牛毛。但我认为，都没有说到点子上。先师陈寅恪先生在《王观堂先生挽词》的序中说："吾中国文化之定义，见于《白虎通》三纲六纪之说，其意义为抽象理想最高之境，犹希腊柏拉图所谓 Idea 者。"《白虎通》的"三纲"，指的是君臣、父子、夫妇。“六纪”指的是诸父、兄弟、族人、诸舅、师长、朋友。这些话今天看来未免有点迂腐，也不能说其中没有糟粕，比如“夫为妇纲”之类。至于君臣，今天根本没有了；但是国家与人民却差堪比拟。总之，我们应取其精髓，不能拘泥于字面。

无独有偶，我偶然读到香港著名学者饶宗颐教授的一篇访问记。饶先生说：“中国文化所以能延绵数千年，仍有如此凝聚力量，实乃受两个因素所驱使，一是文字，二是纲纪，即礼也。依我多年所悟，中华文化的特点，是在儒家思想中的‘礼’，是处理人际关系的学问，这个关系就建立在道德的基础上，要明是非，方能取得‘和’，所以《论语》说：‘礼之用，和为贵。’”

饶先生的意见同陈先生几乎是完全一致的。这两位哲人实在可以说是“英雄所见略同”。今天，人们在国内讲“安定团结”，在国际上我们主张和平，讲“和为贵”。人际关系和国际关系，都需要一定道德伦理的制约，纲纪就是制约的手段。没有这个手段，则国将大乱，国际间也不会安宁。打一个简单明了的比方，纲纪犹如大街上的红绿灯。试思：如果大街上没有了红绿灯，情况将会何等混乱，不是一想就明白吗？

我仿佛听到有人提抗议了：你扯这么远，讲这样一些大道理，究竟想干什么呢？

我并没有走题，而且是紧紧地扣住了题，《背影》表现的就正是三纲之一的父子这一纲的真精神。中国一向主张父慈子孝。在社会上，孝是一种美德。在历史上，不知道有多少皇帝标榜“以孝治天下”。然而，在西方呢？拿英文来说，根本就没有一个与汉文“孝”字相当的单词，要想翻译中国的“孝”字，必须绕一个弯子，译作 filial piety，直译就是“子女的虔诚”。你看啰唆不啰唆！

这一字之差，有人或许说这是一件小事。然而，据我看，这却是一件大事，明确地说明了东西方社会伦理道德之不同。我只说我们的好，不说别人的坏。西方当然也有制约社会活动求得安定的办法，否则社会将不成为社会了。我们中国办法就是利用几千年传下来的文化，特别是其中的精义纲纪的学说来调整人际关系，人际关系得到调整，则社会安定也就有了保障。再济之以法，那么天下就可以太平了。

我觉得，读朱自清先生的《背影》，就应该把眼光放远，远到齐家、治国、平天下。然后才能真正体会到这篇名文所蕴含的真精神。若只拘泥于欣赏真挚感人的父子之情，则眼光就未免太短浅了。

1995 年 2 月 21 日

师生之间

我前后在北京住了二十多年，前一段是当学生，后一段是当老师。一直当到现在，而且看样子还要当下去。因此，如果有人问我，抚今追昔，在北京什么事情使我感触最深，我首先想到的就是师生之间的关系。

师生之间的关系是古老的关系了。在过去，曾把老师归入五伦；又把老师与天、地、君、亲并列，师道尊严可谓至矣尽矣。至于实际情况究竟怎样，余生也晚，没有亲身赶上，不敢乱说。

等到我上小学的时候，学校已经改成了新式的学校，不是从《百家姓》《三字经》念起，而是念人、手、足、刀、尺了。表面上，学生对老师还是很尊敬的。见了面，老远就鞠躬如也，像避猫鼠似的躲在一旁。从来也不给老师提什么意见，那在当时是不可能想象的。老师对学生是严厉的，“教不严，师之惰”，不严还能算是老师吗？结果是学生经常受到体罚，用手拧耳朵，用戒尺打手心，是最常用的方式。学生当然也有受不了的时候。于是，连十二三岁的中小学生也只好铤而走险，起来“革命”了。

我在中小学的时候，曾“革命”两次。一次是对一个图画教员。这人脾气暴烈，伸手就打人。结果我们全班团结一致，把教桌倒翻过来，向他示威。他知难而退，自己辞职不干了。这是一次成功的“革命”。另一次是对一个珠算教员。这人嗜打成性。他有一个规定，打算盘打错一个数打一戒尺。有时候，我们稍不小心就会错上成百的数，那后果就不堪设想了。我们决定全班罢课。可是，因为出了“叛徒”，有几个人留在班上上课。我们失败了，每个人的手心被打得肿了好几天。

到了大学，情况也并没有改变。因为究竟是大学生了，再不被打手心。可是老师的威风依然炙手可热。有一位教授专门给学生不及格。每到考试，他先定下一个不及格的指标。不管学生成绩怎样，指标一定要完成。他因此就名扬全校，成了“名教授”了。另一位教授正相反。他考试时预先声明，十题中答五题就及格，多答一题加十分。实际上他根本不看卷子，学生一交卷，他马上打分。无不及格，皆大欢喜。如果有人在他面前多站一会，他立刻就问：“你嫌少吗？”于是大笔一挥，再加十分。

至于教学态度，好像当时根本就没有这样的概念。教学大纲和教案，更是闻所未闻。教授上堂，可以信口开河。谈天气，可以；骂人，可以；讲掌故，可以；扯闲话，可以。总之，他愿意怎样就怎样，天上天下，唯我独尊，谁也管不着。有的老师竟能在课堂上睡着。有的上课一年，不和同学说一句话。有的在八个大学兼课，必须制定一个轮流请假表，才能解决上课冲突的矛盾。当然并不是每一个教授都是这样，勤勤恳恳诲人不倦的也有。但是这种例子是很少的。

老师这样对待学生，学生当然也这样对待老师。师生不是互相利用，就是互相敌对。老师教书为了吃饭，或者升官发财。学生念书为了文凭。师生关系，说穿了就是这样。

终于来了 1949 年。这是北京师生关系史上划时代的一年，是值得大书特书的一年。

从这一年起，老师在变，学生在变，师生关系也在变。十四年来，我不知道经历过多少令人赞叹感动的事情。我不知道有多少夜因欢喜而失眠。当我听到我平常很景仰的一位老先生在七十高龄光荣地参加中国共产党的时候，我曾喜极不寐。当我听到从前我的一位十分固执倔强的老师受到表扬的时候，我曾喜极不寐。至于我身边的同事和同学，他们踏踏实实地向着新的方向迈进，日新月异；他们身上的旧东西愈来愈少，新东西愈来愈多。我每次出国，住上一两个月，回来后就觉得自己落后了。才知道，我们祖国，我们的老师和学生，是用着多么快速的步伐前进。

现在，老师上课都是根据详细的大纲和教案，这都是事前讨论好的，绝不能信口开河。老师们关心同学的学习，有时候还到同学宿舍里去辅导或者了解情况。备课一直到深夜。每当夜深人静我走过校园的时候，就看到这里那里有不少灯光通明的窗子。我知道，老师们正在查阅文献，翻看字典。要想送给同学一杯水，自己先准备下一桶。老师们谁都不愿提着空桶走上课堂。

而学生呢？他们绝大多数都能老师指到哪里，他们做到哪里。他们刻苦学习，认真钻研。我曾在一个黑板报上看到一个学生填的词，其中有两句："松涛声低，读书声高。"描写学生高声朗读外文的情景，是很生动的，也是能反映实际情况的。今天，老师教书不是为了吃饭，更不是为了升官发财。学生念书，也不是为了文凭。师生有一个共同的伟大的目标。他们既是师生，又是同志。这是几千年的历史上从来没有、也不可能有的现象。

如果有人对同学们谈到我前面写的情况，他们一定会认为是神话，或是笑话，他们绝不会相信的。说实话，连我自己回想起那些事情来，都有恍如隔世之感，何况他们从来没有经历过呢？然而，这都是事实，而且还不能算是历史上的事实，它们离开今天并不远。抚今追昔，我想到师生之间的关系的变化而感慨万端，不是很自然吗？

想到这些，也是有好处的。它能使我们更爱新中国，更爱新北京，更爱今天。

我要用无限的热情歌颂新北京的老师，我要用无限的热情歌颂新北京的学生。

1963 年 4 月 7 日

论朋友

人类是社会动物，一个人在社会中不可能没有朋友。任何人的一生都是一场搏斗。在这一场搏斗中，如果没有朋友，则形单影只，鲜有不失败者。如果有了朋友，则众志成城，鲜有不胜利者。

因此，在人类几千年的历史上，任何国家，任何社会，没有不重视交友之道的，而中国尤甚。在宗法伦理色彩极强的中国社会中，朋友被尊为五伦之一，曰“朋友有信”。我又记得什么书中说：“朋友，以义合者也。”“信”“义”含义大概有相通之处。后世多以“义”字来要求朋友关系，比如《三国演义》“桃园三结义”之类就是。

《说文》对“朋”字的解释是：“凤飞，群鸟从以万数，故以为朋党字。”“凤”和“朋”大概只有轻唇音重唇音之别。对“友”的解释是“同志为友”。意思非常清楚。中国古代，肯定也有“朋友”二字连用的，比如《孟子》。《论语》“有朋自远方来，不亦说乎”却只用一个“朋”字。不知从什么时候起，“朋友”才经常连用起来。

在中国几千年的历史上，重视友谊的故事不可胜数。最著名的是管鲍之交，钟子期和伯牙的知音的故事等等，刘、关、张三结义更是有口皆碑。一直到今天，我们还讲究“哥儿们义气”，发展到最高程度，就是“为朋友两肋插刀”。只要不是结党营私，我们是非常重视交朋友的。我们认为，中国古代把朋友归入五伦是有道理的。

我们现在看一看欧洲人对友谊的看法。欧洲典籍数量虽然远远比不上中国，但是，称之为汗牛充栋也是当之无愧的。我没有能力来旁征博引，只能根据我比较熟悉的一部书来引证一些材料，这就是法国著名的《蒙田随笔》。

《蒙田随笔》上卷，第二十八章，是一篇叫作《论友谊》的随笔。其中有几句话：

> 我们喜欢交友胜过其他一切，这可能是我们本性所使然。亚里士多德说，好的立法者对友谊比对公正更关心。

寥寥几句，充分说明西方对友谊之重视。蒙田接着说：

> 自古就有四种友谊：血缘的、社交的、待客的和男

女情爱的。

这使我立即想到，中西对友谊含义的理解是不相同的。根据中国的标准，“血缘的”不属于友谊，而属于亲情。“男女情爱的”也不属于友谊，而属于爱情。对此，蒙田有长篇累牍的解释，我无法一一征引。我只举他对爱情的几句话：

> 爱情一旦进入友谊阶段，也就是说，进入意愿相投的阶段，它就会衰落和消逝。爱情是以身体的快感为目的，一旦享有了，就不复存在。相反，友谊越被人向往，就越被人享有，友谊只是在获得以后才会升华、增长和发展，因为它是精神上的，心灵会随之净化。

这一段话，很值得我们仔细推敲、品味。

1999 年 10 月 26 日

谈　孝

孝，这个概念和行为，在世界上许多国家中都是有的，而在中国独为突出。中国社会，几千年以来就是一个宗法伦理色彩非常浓的社会，为世界上任何国家所不及。

中国人民一向视孝为最高美德。嘴里常说的，书上常讲的三纲五常，又是什么三纲六纪，哪里也不缺少父子这一纲。具体地应该说“父慈子孝”是一个对等的关系。后来不知道是怎么一来，只强调“子孝”，而淡化了“父慈”，甚至变成了“天下无不是的父母”。古书上说：“身体发肤，受之父母。”一个人的身体是父母给的，父母如果愿意收回去，也是可以允许的了。

历代有不少皇帝昭告人民：“以孝治天下。”自己还装模作样，尽量露出一副孝子的形象。尽管中国历史上也并不缺少为了争夺王位导致儿子弑父的记载，野史中这类记载就更多。但那是天子的事，老百姓则是绝对不能允许的。如果发生儿女杀父母的事，皇帝必赫然震怒，处儿女以极刑中的极刑：万剐凌迟。在中国流传时间极长而又极广的所谓“教孝”中，就有一些提倡愚孝的故事，比如王祥卧冰、割股疗疾等等都是迷信色彩极浓的故事，产生了不良的影响。

但是中华民族毕竟是一个极富于理性的民族，就在已经被视为经典的《孝经·谏诤章》中，我们可以读到下列的话：

> 昔者，天子有诤臣七人，虽无道，不失其天下；诸侯有诤臣五人，虽无道，不失其国；大夫有诤臣三人，虽无道，不失其家；士有诤友，则身不离于令名；父有诤子，则身不陷于不义。故当不义，则子不可以不诤于父，臣不可以不诤于君；故当不义，则诤之，从父之令，又焉得为孝乎？

这话说得多么好呀，多么合情合理呀！这与“天下无不是的父母”这一句话形成了鲜明的对立。后者只能归入愚孝一类，是不足取的。

到了今天，我们应该怎样对待孝呢？我们还要不要提倡孝道呢？据我个人的观察，在时代变革的大潮中，孝的概念确实已经淡化了。不赡养老父老母，甚至虐待他们的事情，时有所闻。我认为，这是不应该的，是影响社会安定团结的消极因素。我们当然不能再提倡愚孝；但是，小时候父母抚养子女，没有这种抚养，儿女是活不下来的。父母年老了，子女来赡养，就不说是报恩吧，也是合乎人情的。如果多数子女不这样做，我们的国家和社会能负担起这个任务来吗？这对我们迫切要求的安定团结是极为不利的。这一点简单的道理，希望当今为子女者三思。

1999 年 5 月 14 日

温馨，家庭不可或缺的气氛

大千世界，芸芸众生，除了看破红尘出家当和尚的以外，每一个人都会有一个家。一提到家，人们会不由自主地漾起一点温暖之意，一丝幸福之感。

不这样也是不可能的。不管是单职工还是双职工，白天在政府机构、学校、公司、工厂、商店等等五花八门的场所工作劳动；不管是脑力劳动，还是体力劳动，都会付出巨大的力量，应付错综复杂的局面，会见性格各异的人物，有时会弄得筋疲力尽。有道是："不如意事常八九。"哪里事事都会让你称心如意呢？到了下班以后，有如倦鸟还巢一般，带着一身疲惫，满怀喜悦，回到自己家里。这是一个真正的安身立命之处，在这里人们主要祈求的就是温馨。有父母的，向老人问寒问暖，老少都感到温馨；有子女的，同孩子谈上几句，亲子都感到温馨；夫妻说上几句悄悄话，男女都感到温馨。当是时也，白天一天操劳身心两方面的倦意，间或有心中的愤懑，工作中或竞争中偶尔的挫折，在处理事务中或人际关系中碰的一点小钉子，如此等等，都会烟消云散，代之而兴的是融融的愉悦。总之，感到的是不能用任何语言表达的温馨。

你还可以便装野服，落拓形迹。白天在外面有时不得不戴着的假面具，完全可以甩掉。有时不得不装腔作势，以求得能适应应对进退的所谓礼貌，也统统可以丢开，还你一个本来面目，圆通无碍，纯然真我。天下之乐宁有过于此者乎？所有这一切都来自家庭中真正的温馨。

但是，是不是每一个家庭都是温馨天成、唾手可得呢？不，不，绝不是的。家庭中虽有夫妻关系、亲子关系、血缘关系，但是，所有这一些关系，都不能保证温馨气氛必然出现。俗话说，锅碗瓢盆都会相撞。每个人的脾气不一样，爱好不一样，习惯不一样，信念不一样，而且人是活人，喜怒哀乐，时有突变的情况，情绪也有不稳定的时候，特别是在自己的亲人面前，更容易表露出来。有时候为一点芝麻绿豆大的小事，也会意见相左，处理不得法，也能产生龃龉。天天耳鬓厮磨，谁也不敢保证这种情况不会发生。

那么，我们应当怎么办呢？就我个人来看，处理这样清官难断的家务事，说难极难，说不难也颇易。只要能做到“真”“忍”二字，虽不中，不远矣。“真”者，真情也;“忍”者，容忍也。我归纳成了几句顺口溜：相互恩爱，相互诚恳，相互理解，相互容忍，出以真情，不杂私心，家庭和睦，其乐无垠。

有人可能不理解，我为什么把容忍强调到这样的高度。要知道，容忍是中华美德之一。我们的往圣先贤，大都教导我们要容忍。民间谚语中，也有不少容忍的内容，教人忍让。有的说法，看似消极，实有积极意义，比如“忍辱负重”，韩信就是一个有名的例子。《唐书》记载，张公艺九世同居，唐高宗问他睦族之道，公艺提笔写了一百多个“忍”字递给皇帝。从那以后，姓张的多自命为“百忍家声”。佛家也十分强调忍辱之要义，经中有很多忍辱仙人的故事。常言道:“小不忍则乱大谋。”在家庭中则是“小不忍则乱家庭”。夫妻、父母、子女之间，有时难免有不同的意见，如果一方发点小脾气，你让他一下，风暴便可平息。等到他心态平衡以后，自己会认错的。此时，如果你也不冷静，火冒三丈，轻则动嘴，重则动手，最终可能告到法庭，宣判离婚，岂不大可哀哉！父母兄弟姊妹之间，也有同样的情况。结果，一个好端端的家庭，会弄得分崩离析。这轻则会影响你暂时的情绪，重则影响你的生命前途。难道我这是危言耸听吗？

总之，温馨是家庭不可或缺的气氛，而温馨则是需要培养的。培养之道，不出两端，一真一忍而已。

1998 年 10 月 23 日

两个乞丐

时间已经过去了七十多年，但是两个乞丐的影像总还生动地储存在我的记忆里，时间越久，越显得明晰。我说不出理由。

我小的时候，家里贫无立锥之地，没有办法，六岁就离开家乡和父母，到济南去投靠叔父。记得我到了不久，就搬了家，新家是在南关佛山街。此时我正上小学。在上学的路上，有时候会在南关一带，圩子门内外，城门内外，碰到一个老乞丐，是个老头，头发胡子全雪样地白，蓬蓬松松，像是深秋的芦花。偏偏脸色有点发红。现在想来，这绝不会是由于营养过度，体内积存的胆固醇表露到脸上来。他连肚子都填不饱，哪里会有什么佳肴美食可吃呢？这恐怕是一种什么病态。他双目失明，右手拿一根长竹竿，用来探路；左手拿一只破碗，当然是准备接受施舍的。他好像是无法找到施主的大门，没有法子，只有亮开嗓子，在长街上哀号。他那种动人心魄的哀号声，同嘈杂的市声搅混在一起，在车水马龙中，嘹亮清澈，好像上面的天空，下面的大地都在颤动。唤来的是几个小制钱和半块窝窝头。

像这样的乞丐，当年到处都有。最初并没有引起我的注意。可是久而久之，我对他注意了。我说不出理由。我忽然在内心里对他油然起了一点同情之感。我没有见到过祖父，我不知道祖父之爱是什么样子。别人的爱，我享受得也不多。母亲是十分爱我的，可惜我享受的时间太短太短了。我是一个孤寂的孩子。难道在我那幼稚孤寂的心灵里在这个老丐身上顿时看到祖父的影子了吗？我喜欢在路上碰到他，我喜欢听他的哀号声。到了后来，我竟自己忍住饥饿，把每天从家里拿到的买早点用的几个小制钱，统统递到他的手里，才心安理得，算是了了一天的心事，否则就好像缺了点什么。当我的小手碰到他那粗黑得像树皮一般的手时，我心里说不出是什么滋味：怜悯、喜爱、同情、好奇混搅在一起，最终得到的是极大的欣慰。虽然饿着肚子，也觉得其乐无穷了。他从我的手里接过那几个还带着我的体温的小制钱时，难道不会感到极大的欣慰，觉得人世间还有那么一点温暖吗？

这样大概过了没有几年，我忽然听不到他的哀叫声了。我觉得生活中缺了点什么。我放学以后，手里仍然捏着几个沾满了手汗的制钱，沿着他常走动的那几条街巷，瞪大了眼睛看，伸长了耳朵听。好几天下来，既不闻声，也不见人。长街上依然车水马龙，这老丐却哪里去了呢？我感到凄凉，感到孤寂。好几天心神不安。从此这个老乞丐就从我眼里消逝，永远永远地消逝了。

差不多在同时，或者稍后一点，我又遇到了另一个老乞丐，仅有一点不同之处：这是一个老太婆。她的头发还没有全白，但蓬乱如秋后的杂草。面色黧黑，满是皱纹，一点也没有老头那样的红润。她右手持一根短棍。因为她也是双目失明，棍子是用来探路的。不知为什么，她能找到施主的家门。我第一次见到她，就是在我家的二门外面。她从不在大街上叫喊，而是在门口高喊：“爷爷！奶奶！可怜可怜我吧！”也许是因为，她到我们家来，从不会空手离开的，她对我们家产生了感情；所以，隔上一段时间，她总会来一次的。我们成了熟人。

据她自己说，她住在南圩子门外乱葬岗子上的一个破坟洞里。里面是否还有棺材，她没有说。反正她瞎着一双眼，即使有棺材，她也看不见。即使真有鬼，对她这个瞎子也是毫无办法的。多么狰狞恐怖的形象，她也是眼不见，心不怕。这是一种什么样的日子，我今天回想起来，都有点觉得毛骨悚然。

不知道为什么，她竟然还有闲情逸致来种扁豆。她不知从哪里弄了点扁豆种子，就栽在坟洞外面的空地上，不时浇点水。到了夏天，扁豆是不会关心主人是否是瞎子的，一到时候，它就开花结果。这个老乞丐把扁豆摘下来，装到一个破竹筐子里，拄上了拐棍，摸摸索索来到我家二门外面，照例地喊上几声。我连忙赶出来，看到扁豆，碧绿如翡翠，新鲜似带露，我一时吃惊得说不出话来。我当时还不到十岁，虽有感情，绝不会有现在这样复杂、曲折。我不会想象，这个老婆子怎样在什么都看不到的情况下，刨土、下种、浇水、采摘。这真是一首绝妙好诗的题目。可是限于年龄，对这一些我都木然懵然。只觉得这件事颇有点不寻常而已。扁豆并不是什么名贵的东西，然而老丐心中有我们一家，从她手中接过来的扁豆便非常非常不寻常了。这一点我当时朦朦胧胧似乎感觉到了。这扁豆的滋味也随之大变。在我一生中，在那以前我从没有吃过那样好吃的扁豆，在那以后也从未有过。我于是真正喜欢上了这一个老年的乞丐。

然而好景不长，这样也没有过上几年。有一年夏天，正是扁豆开花结果的时候，我天天盼望在二门外面看到那个头发蓬乱鹑衣百结的老乞丐。然而却是天天失望，我又感到凄凉，感到孤寂，又是好几天心神不宁。从此这一个老太婆同上面说的那一个老头子一样，在我眼前消逝了，永远永远地消逝了。

到了今天，时间已经过去了七十多年。我的年龄恐怕早已超过了当年这两个乞丐的年龄。不知道是为什么我又突然想起了他俩。我说不出理由。不管我表面上多么冷，我内心里是充满了炽热的感情的。但是当时我涉世未久，或者还根本不算涉世，人间沧桑，世态炎凉，我一概不懂。我的感情是幼稚而淳朴的，没有后来那一些不切实际的非常浪漫的想法。两位老丐在绝对孤寂凄凉中离开人世的情景，我想都没有想过。在当年那种社会里，人的心都是非常硬的，几乎人人都有一副铁石心肠，否则你就无法活下去。老行幼效，我那时的心，不管有多少感情，大概比现在要硬多了。唯其因为我的心硬，我才能够活到今天的耄耋之年。事情不正是这样子吗？

我现在已经走到了快让别人回忆自己的时候了。这两个老丐在我回忆中保留的时间也不会太久了。今天即使还有像我当年那样心软情富的孩子，但是人间已经换过，再也不会有那样的乞丐供他们回忆了。在我以后，恐怕再也不会出现我这样的人了。我心甘情愿地成为有这样回忆的最后一个人。

1992 年 12 月 26 日

老少之间

在任何国家、任何时代的任何社会里，总都会有老年人和青少年人同时并存。从年龄上来说，这是社会的两极，中间是中年，这样一些不同年龄的阶层，共同形成了我们的社会，所谓芸芸众生者就是。

从社会方面来讲，这个模式是不变的，是固定的。但是，从每一个人来说，它却是不固定的，经常变动的。今天你是少年，转瞬就是中年。你如果不中途退席的话，前面还有一个老年阶段在等候着你。老年阶段以后呢？那谁都知道，用不着细说。

想要社会安定，就必须处理好这三个年龄阶段之间的关系，特别是社会两极的老年与少年的关系。现在人们有时候讲到“代沟”——我看这也是舶来品——有人说有，有人说无，我是承认有的。因为事实就是如此，是否认不掉的。而且从某种意义上来说，有“代沟”正标明社会在不断前进。如果不前进，“沟”从何来？

承认有“代沟”，不就万事大吉。真要想保持社会的安定团结，还必须进一步对“沟”两边的具体情况加以分析。中年这一个中间阶段，我先不说，我只分析老少这两极。

一言以蔽之，这两极各有各的优缺点。老年人人生经历多，识多见广，这是优点。缺点往往是自以为是，执拗固执。动不动就是：我吃的盐比你吃的面还多，我走过的桥比你走过的路还长。个别人仕途失意，牢骚满腹：“世人皆醉而我独醒，世人皆浊而我独清。”简直变成了九斤老太，唠唠叨叨，什么都是从前的好。结果惹得大家都不痛快。

我现在这里特别提出一个我个人观察到的老年人的缺点，就是喜欢说话，喜欢长篇发言。开一个会两小时，他先包办一半，甚至四分之三。别人不耐烦看表，他老眼昏花，不视不见，结果如何？一想便知。听说某大学有一位老教授。开会他一发言，有经验的人士就回家吃饭。酒足饭饱，回来看，老教授的发言还没有结束，仍然在那里“悬河泻水”哩。

因此，我对老年人有几句箴言：老年之人，血气已衰；刹车失灵，戒之在说。

至于年轻人，他们朝气蓬勃，进取心强。在他们眼前的道路上，仿佛铺满了玫瑰花。他们对任何事情都不畏缩，九天揽月，五洋捉鳖，易如反掌，唾手可得。这是一种非常可贵的精神，只能保护，不能挫伤。然而他们的缺点就正隐含在这种优点中。他们只看到玫瑰花的美，只闻到玫瑰花的香；他们却忘记了玫瑰花是带刺的，稍不留心，就会扎手。

那么，怎么办呢？我没有什么高招，我只有几句老生常谈：老年少年都要有自知之明，越多越好。老的不要“倚老卖老”，少的不要“倚少卖少”。后一句话是我杜撰出来的，我个人认为，这个杜撰是正确的。老少之间应当互相了解，理解，谅解。最重要的是谅解。有了这个谅解，我们社会的安定团结就有了保证。

1994 年 7 月 3 日

白衣天使新赞

我曾写过一篇赞白衣天使的短文。目标只停留在护士身上，所见不广，所论必浅。

最近一两年来，我自己申报为生病专业户。皇天后土，实加佑护。身上这里起个泡，明天那里又起了包。看起来眼花缭乱，实际上性命却丢不了。我衷心窃自怡悦，觉得这个职业算是选对了。

有生病专业户，就必然有它的对立面治病专业户，这就是广义的白衣天使。这一个群体，到处救死扶伤，治病救人，毫不利己，专门利人，他们是最可爱的人。

我甚至想入非非，觉得这一批天使，在他们决心学医的时候，就证明他们是有宿根、宿愿的，这种宿根、宿愿，与“我不入地狱，谁入地狱”有密切联系。

我在上面提到，毫不利己，专门利人，这两句话是我们有时会听到的。几十年来，我们从大小领导人嘴里常常听到这两句话。然而这两句话究竟有多大分量呢？好像不大有人去考虑过。

人是动物之一，一切动物的本能就是，一要生存，二要温饱，三要发展（传宗接代）。要想克服这些本能性的东西，谈何容易！

根据我多年来的观察和体验，我觉得，在多少年来形成的成百上千的职业行当中，最与毫不利己、专门利人接近的是大夫，也就是白衣天使。试想，一个病人和一个大夫相对而坐。此时病人的唯一愿望是把病治好，大夫唯一的愿望也是把病人的病治好，两个人的愿望完全一致，欲不毫不利己、专门利人，岂可得乎？

近几年来，自从我申报为生病专业户以后，我都住在医院中，具体地说就是三〇一医院。我天天接触到的人就是大夫、护士等一大群白衣天使。他（她）们那种毫不利己、专门利人的风度时时在熏染着我。他们既治了我身上的病，也治了我心头的病。

但是，想把这一个光辉灿烂的群体中每一个人都一一加以叙述，是非常困难的，无已，我只能从中选出一个代表，加以叙述，以概其余。

我选的是宋守礼大夫。

一直到今天，我们中国老百姓嘴里还常听到使用“缘分”二字。他们说：“有缘千里来相会，无缘对面不相识。”“缘分”

这玩意儿看不着，摸不着；但是它确确实实存在，谁都否认不掉。我同宋大夫似乎就有缘分，不然的话，为什么首先遇见他，而不是别人呢？哲学上可能叫作“偶然性”，意思是一样的。

不管是出于什么原因，我们相遇了，我们认识了，我们好像是互相了解了。在医院里，普遍存在的关系，是大夫与病人的关系。而在我们中间，这种普遍存在的关系，好像慢慢地质变，向朋友和朋友之间的关系逐渐转变了。

我上面这一大堆话，都属于叙述的范畴。叙述是必要的，但是，过多了，则流于肤泛，非我所取。我举一个简单的例证。

我年已九十有五，在病员中也许能考取年龄状元。双腿又不良于行，只能坐轮椅。在楼中活动的时候，握轮椅的任务，玉洁和小护工当然当仁不让。出楼活动，还要转上救护车，则非她们力量所能及的。这时候，开救护车的军人司机走到车后，又约了一个小伙子，力量仍然不够。站在旁边的宋大夫并没有袖手旁观，而是毅然走上前去，献出了自己的肩膀。我的轮椅终于爬上了救护车。这是一件小事，可也算是一件大事。难道它不同毫不利己、专门利人密切联系吗？

我不是说，所有的白衣天使都毫不利己、专门利人。也不是说，白衣天使以外没有人毫不利己、专门利人。我只是想说，白衣天使们，由于职业关系，更容易接近毫不利己、专门利人而已。

白衣天使们有福了。

一方面，我们都要向白衣天使们学习。另一方面，也希望白衣天使们不要局限在目前的水平上，而是要前进，再前进，给我们提供更有影响，更有说服力的榜样。

2005 年 6 月 29 日

一朵红色石竹花

一朵红色石竹花把我的回忆引到万里外的德意志民主共和国去。

这一朵花在衣箱中已经放了好多年，同一条蓝领巾在一起。花瓣已经枯萎，但是红色未褪，清香犹存。看到它还能令人依稀想见当年风姿。

看到它也能令我想到当年那一个面颊同红色石竹花一样红的、脖子上系着蓝领巾的德国少先队员。

我同她会面完全是偶然的。我们正在参观德累斯顿的少年宫。因为是在早晨，这一座宫殿的小主人都还没有来。我们走在里面，能清晰地听到自己说话的声音，甚至呼吸的声音。自己的脚步声在里面往复回荡，仿佛走在深山幽谷中。

然而，在寂静中，我却蓦地听到了仿佛从极远极远的地方隐隐约约地传来了小孩子们说话的声音。虽然听起来像是隔着一重山，但是它毕竟打破了这令人窒息的沉寂，带来了一点生气，我颇有空谷足音之感，心里无端兴奋起来了。

说话的声音越来越清晰，我们终于在一个大厅里碰了头：原来是一群系着蓝领巾的德国少先队员，由一个教员领着，来参观这一座少年宫。她们看来岁数都不大，最大的也不过十一二岁。每个人都有一双又圆又大的眼睛，双颊红艳得像院子里盛开的红石竹花，说话叽叽喳喳，活像是一群黎明时分迎着朝阳唱歌的活泼的小鸟。

她们看到了我们，声音突然沉默了，都瞪大了眼睛，注视着我们。教员看到情况不对头，赶快出来解围。他告诉我们：这些女孩子都是离城比较远的一个乡村里的小学生，今天乘假期进城来参观。在过去，他常常对她们谈到新中国和中国人民；她们都热爱新中国和中国人民。但是，真正见到中国人，今天还是第一次哩。

我听了觉得很有意思，就笑着跟她们打招呼。语言相通显然产生了很大的作用，解除了她们的拘束。她们又快活起来，叽叽喳喳，又像是一群黎明时分的小鸟了。

我问她们问题，她们都争着回答。有一个女孩子，个儿比较高，梳着两条短辫子，碧眼金发，高鼻皓齿，一笑腮上就出现两个酒窝。她似乎特别高兴。我就问她：

“你知道中国离这里多远吗？”

“知道。比我们村离德累斯顿还远哩。”说着还用手比画了一下。

“你知道中国在什么地方吗？”

“在东方。老师说，要爬一座山，过一条河；再爬一座山，再过一条河。走呀，走呀，走到最后，就到了中国。”

我听着不禁笑了起来，就对她说：“中国的小孩子都愿意同德国的小孩子做朋友。你们刚才说，中国离开德国很远，其实是很近的。因为我们的心挨在一起。”

小女孩们听了，显然活跃起来。那一个高个的女孩子在自己脖子下面摸索了一阵，还没有等我来得及注意，一条德国少先队员戴的蓝领巾已经套在我的脖子上了。

我掏出日记本，请她写一写自己的名字。她毫不迟疑，提笔就写道：

> 我们向中国的儿童们和少先队员们致敬。我们感到同他们紧密地联系在一起。世界上没有任何力量可以把我们分开。
>
> 迦尔门·艾香德

这样小的年纪，写出了这样的话，我真正被感动了。我答应她，一定把她这一片美意转达给中国的儿童们和少先队员们；就同她握手告别。

我们又参观了几间屋子，正走出门口要上车的时候，忽然听到有人喊我，我回头一看，是小迦尔门。她手里举着一朵鲜艳的红石竹花，匆匆忙忙地塞到我手里，转身就跑了。

这一朵小小的花拿在我手里，我仔细观察了它一下：花瓣重叠，颜色鲜红，衬上青枝绿叶，宛如美玉雕成。我陡然觉得它重了起来，它仿佛把成千上万的德国少先队员的隆情厚谊都集中起来，世界上没有任何秤能衡量出它的重量。我郑重地把它同那一条蓝领巾包在一起，带上了飞机，飞越万里，带回国来。

它陪我过了一段兴奋愉快的生活，转瞬就是六七年。今天又在无意中找到了它，勾引起我这一段回忆。屈指算来，小迦尔门大概已经是十七八岁的少女了。可能已经在工厂里或农村里工作，也可能已经入了大学了。她还记得不记得我们那一次的偶然的会面呢？我相信，她同我一样，是不会忘记的，而且我还相信，总有一天，我们还会见面。

1962 年 10 月 19 日

歌唱塔什干

我怎样来歌唱塔什干呢？它对我是这样熟悉，又是这样陌生。

在小学念书的时候，我就已经读到有关塔什干的记载。以后又有机会看到这里的画片和照片。我常想象：在一片一望无际的沙漠中间，在一片黄色中间，有一点绿洲，塔什干就是在这一点浓绿中的一颗明珠。它的周围全是瓜园和葡萄园。在翡翠般的绿叶丛中，几尺长的甜瓜和西瓜把滚圆肥硕的身体鼓了出来。一片片的葡萄架，在无边无际的沙漠中，形成了一个个的绿点。累累垂垂的葡萄就挂在这些绿点中间。成群的骆驼也就在这绿点之间走动，把巨大的黑影投在热烘烘的沙地上。纯伊斯兰风味的建筑高高地耸入蔚蓝的晴空中。古代建筑遗留下来的断壁颓垣到处都可以看到。蓝色和绿色琉璃瓦盖成的清真寺的圆顶，在夕阳余晖中闪闪发光。

大起来的时候，我读了玄奘的《大唐西域记》。我知道，他在7世纪的时候走过中亚到印度去求法。他徒步跋涉万里，曾到过塔什干。关于这个地方的生动翔实的描述还保留在他的著作里。这些描述并没有能改变我对塔什干的那一些幻想。一提到塔什干，我仍然想到沙漠和骆驼，葡萄和西瓜；我仍然看到蓝色的和绿色的琉璃瓦圆顶在夕阳余晖中闪闪发光。

我想象中的塔什干就是这个样子，它在我的想象中已经待了不知道多少年了；它是美丽的、动人的。我每一次想到它，都不禁为之神往。我心中保留着这样一个幻想的城市的影子，仿佛保留着一个令人喜悦的秘密，觉得十分有趣。

然而我现在竟然真来到了塔什干，我梦想多年的一个地方竟然亲身来到了。这真就是塔什干吗？我万没有想到，我多少年来就熟悉的一个城市，到了亲临其境的时候，竟然会变得这样陌生起来。我想象中的塔什干似乎十分真实，当前的真实的塔什干反而似乎成为幻想。这个真实的塔什干同我想象中的那一个是有着多么大的不同啊！

我们一走下飞机，就给热情的苏联朋友们包围起来。照相机、录音机、扩音器，在我们眼前摆了一大堆。只看到电光闪闪，却无法知道究竟有多少照相机在给我们照相。音乐声、欢笑声、人的声音和机器的声音，充满了天空。在热闹声中，我偷眼看了看机场：是一个极大极现代化的飞机场。大型的“图—104”飞机在这里从从容容地起飞、降落。候机室也是极现代化的高楼。从楼顶上垂下了大幅的红色布标，上面写着欢迎参加亚非作家会议的各国作家的词句。

汽车开进城去，是宽阔洁净的柏油马路，两旁种着高大的树。树荫下是整齐干净的人行道。马路两旁的房子差不多都是高楼大厦，同莫斯科一般的房子也相差无几。中间或间杂着一两幢具有民族风味的建筑。只有在看到这样的房子的时候，我心头才漾起那么一点“东方风味”，我才意识到现在是在苏联东方的一个加盟共和国里。

为了迎接亚非作家会议的召开，古城塔什干穿上了节日的盛装。大街上，横过马路，悬上了成百成千的红色布标，用汉文、俄文、乌兹别克文、阿拉伯文、日文、英文，以及其他文字，写着欢迎祝贺的词句，祝贺亚非人民大团结，希望亚非人民之间的友谊万古常青。有上万盏，也许是上十万盏——谁又知道究竟有多少万盏呢——红色电灯悬在街道两旁的树上、房子上、大建筑物的顶上。就是在白天，这些电灯也发着光芒。到了夜里，这些灯群更把塔什干点缀成一个不夜之城。从任何一条比较大的马路的一端望过去，一重重一层层一团团的红色灯光，一眼看不到头，比天空里的繁星还要更繁。

这不是我多少年来所想象的那一个塔什干，我想象中的那一个塔什干哪里是这样子呢?

然而这的确又是塔什干。

面对着这一个美丽的大城市，觉得它十分熟悉，又十分陌生，我的心情有点错乱了。

但是，我并没有真正错乱，我一下子就爱上了这一个塔什干。就让我那一些幻想随风飘散吧！不管它是多么美丽，多么动人，还是让它随风飘散吧！如果飘散不完的话，就让它随便跟一个什么城市连接在一起吧！我还是十分热爱我跟前的这一个塔什干。

我怎能不热爱这一个塔什干呢？它的妙处是说不完的，用多少话也说不完，用什么话也说不完。

这里的太阳似乎特别亮，一走进这个城市，就仿佛沐浴在无边无际的阳光中。在淡蓝的天空下，房子的颜色多半是浅白的，有的稍微带一点淡黄、淡灰，有的带一点浅红；大红大绿是非常少的。大概这里下雨的时候也不太多，天永远晴朗。这一切配合起来，就把这里的阳光衬托得更加明亮。你一走进塔什干，只需待上那么一两个钟头，你就会感觉到，这里的太阳永远是这样亮；你会感觉到，一年四季，阳光普照；百年千年，也会是这样。

到处都可以看到玫瑰花。但是你却千万不要用我们平常对于玫瑰花的概念来想象这里的玫瑰花。你应该想象：在小树上开满了牡丹花或芍药花，这样就跟这里的玫瑰花差不多了。就是这样大的玫瑰花，一丛丛，一团团，开在闹市中间，开在浅白色的楼房的下面，开在喷水池旁，开在幽雅的公园中，开在巨大的铜像的周围，枝子高，花朵大，在早晨和黄昏，香气特别浓，给这一座美丽的城市增添了芳香。

葡萄架比玫瑰花丛还要多，几乎家家都有一架葡萄，撑在房子前面，在白色的阳光下，把浓黑的影子投在地上。葡萄的种类据说有一千多种，而且每一种都是优良品种。我们到了塔什干，正是葡萄熟了的时候。家家门口或者小院子里，都累累垂垂地悬着一嘟噜一嘟噜的葡萄，黄的、红的、紫的、绿的、长的、圆的，大大小小，不同的颜色，不同的样子，像是一串串的各色的宝石。

说到葡萄的味道，那是无法形容的。语言文字在这里仿佛都失掉了作用。你可以拿你一生吃过的各种各样的最甜美的水果来同它比较：你可以说它像山东肥城的蜜桃，你可以说它像江西南丰的蜜橘，你可以说它像广东增城挂绿的荔枝，你可以说它像沙田的柚子，你可以说它像一切你曾尝过你能够想象到的水果——这些比拟都有道理，它的确有一点像这些东西，但是又不全像这些东西。我们用尽了我们的想象力和联想力，归根结底，还只有说：它什么都不像，只是像它自己。

我们一到塔什干，这种绝妙的东西就成了我们的亲密朋友。我们在这里住了将近三个星期，随时随地都要跟它接触，它给我们的生活增添了无穷的情趣。一日三餐的餐桌上摆的是一盘盘的葡萄，像是一盘盘红色的、紫色的、黄色的、绿色的宝石，把餐桌衬托得美丽动人。在会场的休息室里摆的也是一盘盘的葡萄。在我们住的房间里，每天都有人把成盘的葡萄送了来，简直是取之不尽，用之不竭。我们出席宴会，首先吃到的也就是葡萄。到集体农庄去参观，主人从枝子上剪下来塞到我们手里的也还是葡萄。塔什干真正成了一个葡萄城。

这一种个儿不大的果品还让我们回忆起历史，把我们带到遥远的古代去。在汉代，中国旅行家就已经从现在的中央亚细亚一带地方把这种绝妙的水果移植到中国来。移植的地方是不是就是我们现在所在的塔什干呢？我不能不这样遐想了。我不由自主地想到两千多年以前葡萄通过绵延万里渺无人烟的大沙漠移植到东方去的情况，想到我们同这一带地方悠久的文化关系，想到当年横贯亚洲的丝路，成捆成捆的中国丝绸运到西方去，把这里的美女打扮得更加美丽，给这里的人民带来快乐幸福。就这样，一直想下来，想到今天我们同苏联各族人民的万古常青牢不可破的兄弟般的友谊。我心里面思潮汹涌，此起彼伏。我万没有想到这一颗颗红色的、黄色的、紫色的、绿色的宝石，竟有这样大的魔力，它们把过去两千多年的历史一幕一幕地活生生地摆在我的眼前。……

不管这里的自然景色多么美好，不管这里的西瓜和葡萄多么甘美，塔什干之所以可爱、可贵，之所以令人一见难忘，却还并不在这自然景色，也不在这些瓜果，而在这里的人民。

对这样的人民，我还有什么话可说呢？他们同苏联其他各地的人民一样，热情、直爽，坦白、好客。他们把亚非作家会议的召开看成是自己的节日，把从亚非各国来的代表看成是自己最尊贵的客人和兄弟姐妹。在这一段时间内，他们每天都穿上美丽多彩的民族服装，兴高采烈，喜气洋洋。我虽然跟他们交谈得不多，但是看来他们每天想到的是亚非作家会议，谈到的也是亚非作家会议。他们是在过他们一生中最好的一个节日，全城大街小巷到处都弥漫着节日的气氛。

为了招待各国的代表，乌兹别克加盟共和国的领导人特别在城中心纳沃伊大剧院的对面建筑了一座规模很大的旅馆。里面是崭新的现代化的设备，外表上却保留了民族的风格。墙壁是淡黄色的，最高的一层看起来像是一座凉亭。给人的印象是朴素、幽雅、美丽。

在塔什干旅馆和纳沃伊大剧院之间是一个极大的广场。这个广场十分整齐美观，是我在许多国家许多城市所看到的最美的广场之一。中间用柏油和大块的石头铺得整整齐齐，四周是四条又宽又长的马路。在这些马路上，日夜不停地行驶着各种各样的汽车。按理说这个广场应该很乱很闹。但是，如果你在广场的中心一站，你却不但不感觉到乱和闹，而且还会感觉到有一点寂静，似乎远远地离开了闹市的中心。难道这里面还有什么奥秘吗？广场大，它自己又仿佛形成了一个独立的世界，这就是奥秘之所在。广场中心有一个大喷水池，它就是这一个独立世界的中心。银白色的不断喷涌的水柱，水柱中红红绿绿变幻不定的彩虹，谁看到它，谁的注意力一下子就会给它吸住，不管有多少人，只要他们一踏上广场，就会不由自主地对喷泉发生了向心力。对他们来说，广场以外的东西似乎根本不存在了。此外，广场的两旁还栽种了雨后像小树丛一样大小的玫瑰花。季候虽然已近深秋，大朵的玫瑰花仍在怒放。它们的色和香也仿佛构成了一座墙壁，把广场和外面的热闹的马路隔开。

在这个全城的节日里，这一个广场也穿上了节日的盛装。那许多临时售卖书报的小亭，都油饰一新。红色的电灯挂满了全场。两头两个大建筑物上的五彩缤纷的标语交相辉映。两面的大街上，横悬着两幅极其巨大的红色布标。一幅上面用汉文写着:“向亚非作家会议参加者致以热烈的敬意。”一幅写着:“所有国家的文学都应该为人民，为和平，为先进事业，为各民族之间的友谊而服务。”布标的红色仿佛把广场都映红了。我们走在这一片红光里，看到我们熟悉的汉字，似乎已经回到了祖国。

在那一些日子里，这一个广场就成了全城聚会的中心。

天还没有亮，塔什干人民就成群结队地来到广场上。父母抱着孩子，孙子扶着祖母，男女老幼，拥拥挤挤，都来了。里面各族人民都有，有俄罗斯人，有乌兹别克人，有朝鲜族人，还有其他各族的人民。他们都穿得整整齐齐，脸上带着愉快的笑容。闹闹嚷嚷，喜喜欢欢，在这里一直待到深夜。

每天，从早到晚，广场上人群队形是随着时间的不同而随时在变化着。一看队形，就几乎可以猜出时间来。早晨初到广场上的时候，人群是零零乱乱地到处散布着的。在这一大片场子上，各处都有人。只在中央喷水池的周围，在玫瑰花畦的旁边，聚集得比较密一点。大家的态度都从从容容，一点也不紧张。在这时候，广场上是一片闲闲散散的气象。

一到大会开始前半小时，代表们从塔什干旅馆走向纳沃伊大剧院的时候，广场上的队形就陡然变化。人群从块块变成了条条，很自然地形成了两路纵队。一头是塔什干旅馆，另一头是纳沃伊大剧院，仿佛是两条巨龙。中间人稍稍稀疏一点，这就是巨龙的细腰；一头一尾则又粗又大。这时候，广场上的气象由从容闲散一变而为热烈紧张。不管是大人小孩，很多人手里都拿了一个小本子或者几张白纸，争先恐后地拥上前去，请代表们在上面签字。有些人就在旁边的书摊上买了亚非各国文学作品的俄文或者乌兹别克文的译本，请代表们把名字写在上面。有的父母抱着三四岁的小孩子，小孩子手里拿了小本子或者书籍，高高地举在代表们眼前，小眼睛一闪忽一闪忽地，等着签字。还有一些人，手里什么都没有拿，看样子是并不想得到什么签字。但是他们也是满腔热情十分勇敢地挤在人群里，拼命伸长了脖子，想多看代表们两眼。在这时候，广场上是一片热闹景象。

到了代表们不开会而出去参观的时候，队形又大大地改变。这时候的广场上，不是一块块，也不是一条条，而是一团团。每一团的中心，不是一辆汽车，就是几个代表。他们给塔什干的人民包围起来了。这里的人民愿意同代表们谈一谈，交换一些徽章或者其他的纪念品。从塔什干旅馆的五层楼上看下来，广场上仿佛开出了一朵朵的大黑花，周围黑色的人群形成了花瓣，穿着花花绿绿的服装的非洲代表和披着黄色袈裟的锡兰代表，就形成了红红绿绿或黄色的花心。

有一次，我看到一个老祖母抱了小孙女，坐在大剧院门外台阶上，喘着气休息。她见了我，就对着我笑，我也笑着向她问安，并且逗引小女孩。这就引得这一位白发老人开了话匣子。她告诉我，她的家离这里很远，她坐了很久的电车和公共汽车才来到这里。“年纪究竟大了，坐了这样久电车和汽车，就觉得有点受不了，非坐下来喘一口气休息休息不行了。”说着擦了擦头上的汗，又说下去：“各国的代表都来了，塔什干还是头一次开这个眼界呢。你们是我们最欢迎的客人，我在家里怎么能待得下去呢？小孙女还小，不懂事；但是我也把她带来，她将来大了，好记住这一回事。”这样的感情难道只是这一位白发老人的感情吗？

又有一次，我碰到了一群朝鲜族的男女学生。他们一看到我，就像看到了久别的亲人，一拥而上，争着来跟我握手。十几只手同时向我伸过来，我恨不能像庙里塑的千手千眼菩萨一样，多长出一些手来，让这些可爱的孩子们每个人都满足愿望，现有的这两只手实在太不够分配了。握完了手，又争着给我照相，左一张，右一张，照个不停。照完了相，又再握手。他们对于我依依难舍，我也真舍不得离开这一群可爱的孩子们。

还有一次，是在晚上，我们到什么地方去参加宴会。一上汽车，司机同志为了“保险”起见，就把车门关上了。但是外面的人还是照样像波涛似的涌上来，把汽车团团围住，后面的人不甘心落后，拼命往前挤；前面的人下定决心，要坚守阵地。因而形成了相持不下的局面，后面来的人却愈来愈多了。很多人手里高高地举着签名的小本子，向着我们直摇摆。但是司机却无论如何也不开门。我们只有隔着一层玻璃相对微笑。我们的处境是颇有点尴尬的。一方面，我们不愿意伤了司机同志的“好意”；另一方面，我们又觉得有点对不起车窗外这些热情的人们。正在左右为难的时候，我们忽然看到人群里挤出来了一个中年男子，怀里抱着一个三四岁的小孩，手里还领着两个六七岁七八岁的孩子。看样子不知道费了多大劲才挤到车跟前来，他含着微笑，把小孩子高高举起来，小孩子也在对着我们笑。看了这样天真的微笑，我们还有什么办法呢？眼前的这一层薄薄的玻璃，蓦地成了我们的眼中钉。我们请求司机同志把汽车的大门打开，我们争着去抱这一个可爱的小孩子，吻他那苹果般的小脸蛋，把一个有毛主席像的纪念章别在他的衣襟上。

这样的情景几乎每天都有，它使我们十分感动，我们陶醉于塔什干人民这种热情洋溢的友谊中。

但是我们也有受窘的时候，也有不得不使他们失望的时候。最初，因为我们经验不丰富，一走出塔什干旅馆，看到这些可爱的人民，我们的热情也燃烧起来了。我们握手，我们签名，我们交换纪念品，我们做一切他们要我们做的事情。根本没有注意到，也没有觉到时间的逝去。等我们冲出重围到了会场的时候，会议已经开始很久了。据我的观察，其他国家的代表也有类似的情况。我常常在楼上看到代表们被包围的情况。有一次，一个印度代表被群众包围了大概有四个小时。另外一次，我看到一个穿黄色袈裟的锡兰代表给人包围起来。我不知道是什么时候开始的，我看到的时候，他周围已经围了六七百人。等了很久，我在屋子里工作疲倦了，又走上凉台换一换空气的时候，我看到黄色的袈裟还在人丛里闪闪发光。又等了很久，他大概非走不行了；他走在前面，后面的人群仍然尾追不散，一直跟出去很远很远，仿佛是一只驶往远洋的轮船，后面拖了一串连绵不断的浪花。

在这样的情况下，我们要出门的时候，就先在旅馆里草拟一个“联防计划”。如果有什么人偶入重围，我们一定要派人去接应，去解围。我们有时候也使用金蝉脱壳的计策，把群众的注意力转移到别的地方去，我们自己好顺利地通过重重的包围，不至耽误了开会或者宴会的时间。

这样一来，自然会给这一些可爱的塔什干人民带来一些失望，我们又有什么办法呢？在我们内心的深处，我们实在为他们这种好客的热情所感动，我们陶醉于塔什干人民的热情洋溢的友谊中。

等我们在哈萨克加盟共和国的首都阿拉木图访问了五天又回到塔什干来的时候，会议已经结束了好多天，代表们差不多都走光了。我们也只能再在这一个可爱的城市里住上一夜，明天一大早就要离开这里，离开这一些热情的人民，到莫斯科去了。

吃过晚饭，我怀了惜别的心情，站在五层楼的凉台上，向下看。我还想把这里的东西再多看上一眼，把这些印象牢牢地带回国去。广场上冷冷清清，只有稀稀落落的人影，在空荡荡的场子里来回地晃动。成千盏成万盏的红色电灯仍然在寂寞中发出强烈的光辉。

但是仍然有一群小孩子挤在旅馆门口，向里面探头探脑。代表们都走了，旅馆也空了。看来这些小朋友并不甘心，他们大概希望像前几天开的那样的会能够永远开下去，让塔什干天天过节。现在看到场子上没了人，旅馆里也没了人，他们幼稚的心灵大概很感到寂寞吧。

我对这一些天真可爱的小朋友有无限的同情。我也希望，能够永远住在塔什干，天天同这一些可爱的人民欢度佳节。但是，在实际生活中，这只是幻想，是完全不可能的，是永远也不会实现的。会议完了，我们的任务已经完成；现在我们的任务是，把在塔什干会议上形成的所谓塔什干精神带到世界各地去，让它在世界上每一个角落里开出肥美的花，结出丰硕的果。

我来到了塔什干，现在又要离开了。当我才到的时候，我对这一个城市又感到熟悉，又感到陌生。当我离开它的时候，我对它感到十分熟悉，我爱上了这一个城市。现在先唱出我的赞歌，希望以后再同它会面。

1959 年 3 月 23 日

关于日本的一些回忆

我出生在山东西北部穷乡僻壤的清平县（现归临清），在济南长大。从小就听到一些山东东部传来的关于日本浪人的杀人放火、无恶不作的信息。当时我还不知道，对一个国家的人民要区别良莠、善恶。我对整个日本就怀有恶感。

1928 年，日本军国主义分子悍然出兵，占领了从青岛到济南的整个胶济铁路，包括济南在内。当时我正在北园白鹤庄念高中。鬼子一进城，只好关门停学，我在家里晃荡了一年。当年一个“骡”字给我争取到的一年的时间，现在又白白地赔上了。

这一年，我过的是地地道道的亡国奴的日子。有一次，我走进新东门。走出第一个门洞的时候，迎面来了一个日本兵，手端刺刀。我幸亏头脑还清楚，没有躲开。这个鬼子兵命令我站住。他在我身上到处摸索。问我是干什么的。我答话说，是学徒的。他狞笑了一声，说：“你说谎！你是学生。你腰里这一根皮带就是证明。”俗话说：“秀才遇到兵，有理说不清。”我连忙否认，幸好他纠缠时间不长，便一摆手把我放行了。

另一次，忽然听说，鬼子兵在远的一条街上查户口，估计要到我们这条街上来的。当时我们家是一个大杂院，住着四户人家，人口二十多个。一听鬼子要来，等于听到瘟神要来一样。整个院子里像开了锅。大家你一言，他一语，说个不停。最后归结成大门开关的问题。主张敞开大门的人说，大门本来是敞开的，现在仍然敞开，顺其自然，不会引起怀疑。主张关上大门的人说，这会引起怀疑：你好大的胆子，怎么敢大开两扇门！于是关敞两派展开了激烈的辩论。看样子双方都动了真感情：面红耳赤，唾沫乱飞。结果鬼子兵并没有到我们家来，他们到邻近的几条街上去查户口了。“月黑雁飞高，单于远遁逃。”“单于”早就不知道逃到什么地方去了。然而我们家的辩论，情绪却越来越高。直到后来，两方说话都语无伦次，胡说八道了，声嘶力竭了，才不得不罢兵。

以上讲的是我当亡国奴一年的心路历程和实际活动，以及我身边人的一些活动。在我们的心目中，日本人都是鬼头鬼脑的，日本不会有老实巴交的人。在这样的情况下，要我们对日本有什么好感，真是戛戛乎难矣哉。

我进一步再考虑，就接触到许多具体的问题。比如日本的明治维新。我不是研究日本问题的专家，对一些重要事件只有表面的了解。对明治维新的了解，就属于这一类。其实明治维新运动，对中、日、欧美的文化交流关系，对于西方科技传入中国的过程，有极大的影响。在东方，真正开始接受西方文化的是日本，而不是中国。当时的中国还糊涂一团，“长夜漫漫何时旦”？中国天朝大国之尊正酣。清末民初，西方文化开始大量传入中国，最初并不是中国人的努力，也不是西方人的意图，而是通过日本。对于辛亥革命，日本也有过帮助。革命领袖孙文和黄兴，特别是后者，都曾在日本活动过。反清志士大学者章太炎也曾在日本讲学多年。

我在上面讲到的几点日本对中国的帮助，绝不是日本军国主义分子、法西斯主义分子等等变形的浪人所乐意看到的。这些事情之所以能够发生，全是由事物发展辩证规律所决定的。正如马克思论英国在印度的统治时讲到的，英国殖民主义分子在印度修铁路，完全是为了运兵、运货方便，绝不是为了印度人民的福利。然而印度人民通过这一件事也得到了某些好处。

我们平常看问题几乎全用形而上学的办法。说好就全好，说坏就全坏，缺乏辩证观点。

中国有一句俗话：百闻不如一见。要想真正了解日本，隔岸观火式地从远处看上几眼，是远远不够的。

在最近二十年多一点的时间内，我访问日本三次。我恍然大悟：原来日本并不像我长期以来想象的那样子。同别的国家一样，同中国也一样，这里有好人和坏人，而好人还占大多数。

日本有没有民族性呢？当然有的。只要是一个民族，就都有民族性。那么，日本的民族性是什么呢？关于这个问题，我从年轻起就非常关心。自己殚精竭虑去思考，也曾注意别人的一些看法：比如，把日本与欧洲的德国相比。其中不能说，没有一点合理的地方。但是，据我看，都是些皮相之论。没有触及要害。把日本同德国相比，不是没有根据的。两国都是伟大的国家，把勤劳、智慧、勇敢融为一体，发展了自己的文化。但是，倘若进一步追究，则两国却有极大的差别。近几百年以来，德国出了很多世界级的大家：马克思主义创始者马克思和恩格斯，伟大的文学家歌德，伟大的哲学家康德、黑格尔，伟大的音乐家贝多芬，如此这般，还可以举出几个来。试问：这样的人物日本有吗？说老实话，日本过去没有，现在也没有。至于将来如何，我们现在先不忙着去说吧！

时间在前进，时代在变化。人们应该变得比较聪明一点了。当年在“斗斗斗”的叫嚣声中，我曾冒着戴修正主义帽子的风险，坚持我的“天人合一”的主张。现在，世事的发展证明了我的见解是正确的。现在，社会上流行着“和谐”一词儿。同我一向的见解是完全合拍的。我觉得，“和谐”是一个好词儿。全世界人民都希望和谐，不喜欢矛盾和冲突，我更是其中的积极分子。不管日本在过去留下了多少不愉快的回忆，我总能正确对待的。标准只有一个，就是和谐。

但是，我还是有一点忧心忡忡，和谐不是一个人、一个民族、一个国家的事情。必须大家认识一致，共同协力才能达到。当前的日本首相，不顾中韩等国的政府和人民的反对，执意朝拜靖国神社，这能让世界人民放心吗？

2006 年 2 月

夹竹桃

夹竹桃不是名贵的花，也不是最美丽的花；但是，对我说来，它却是最值得留恋最值得回忆的花。

不知道由于什么缘故，也不知道从什么时候起，在我故乡的那个城市里，几乎家家都种上几盆夹竹桃，而且都摆在大门内影壁墙下，正对着大门口。客人一走进大门，扑鼻的是一阵幽香，入目的是绿蜡似的叶子和红霞或白雪似的花朵，立刻就感觉到仿佛走进自己的家门口，大有宾至如归之感了。

我们家的大门内也有两盆，一盆红色的，一盆白色的。我小的时候，天天都要从这下面走出走进。红色的花朵让我想到火，白色的花朵让我想到雪。火与雪是不相容的；但是，这两盆花却融洽地开在一起，宛如火上有雪，或雪上有火。我顾而乐之，小小的心灵里觉得十分奇妙，十分有趣。

只有一墙之隔，转过影壁，就是院子。我们家里一向是喜欢花的；虽然没有什么非常名贵的花，但是常见的花却是应有尽有。每年春天，迎春花首先开出黄色的小花，报告春的消息。以后接着来的是桃花、杏花、海棠、榆叶梅、丁香等等，院子里开得花团锦簇。到了夏天，更是满院葳蕤。凤仙花、石竹花、鸡冠花、五色梅、江西腊等等，五彩缤纷，美不胜收。夜来香的香气熏透了整个的夏夜的庭院，是我什么时候也不会忘记的。一到秋天，玉簪花带来凄清的寒意，菊花报告花事的结束。总之，一年三季，花开花落，没有间歇；情景虽美，变化亦多。

然而，在一墙之隔的大门内，夹竹桃却在那里静悄悄地一声不响，一朵花败了，又开出一朵；一嘟噜花黄了，又长出一嘟噜；在和煦的春风里，在盛夏的暴雨里，在深秋的清冷里，看不出什么特别茂盛的时候，也看不出什么特别衰败的时候，无日不迎风弄姿，从春天一直到秋天，从迎春花一直到玉簪花和菊花，无不奉陪。这一点韧性，同院子里那些花比起来，不是形成一个强烈的对照吗?

但是夹竹桃的妙处还不止于此。我特别喜欢月光下的夹竹桃。你站在它下面，花朵是一团模糊；但是香气却毫不含糊，浓浓烈烈地从花枝上袭了下来。它把影子投到墙上，叶影参差，花影迷离，可以引起我许多幻想。我幻想它是地图，它居然就是地图了。这一堆影子是亚洲，那一堆影子是非洲，中间空白的地方是大海。碰巧有几只小虫子爬过，这就是远渡重洋的海轮。我幻想它是水中的荇藻，我眼前就真的展现出一个小池塘。夜蛾飞过映在墙上的影子就是游鱼。我幻想它是一幅墨竹，我就真看到一幅画。微风乍起，叶影吹动，这一幅画竟变成活画了。

有这样的韧性，能这样引起我的幻想，我爱上了夹竹桃。

好多好多年，我就在这样的夹竹桃下面走出走进。最初我的个儿矮，必须仰头才能看到花朵。后来，我逐渐长高了，夹竹桃在我眼中也就逐渐矮了起来。等到我眼睛平视就可以看到花的时候，我离开了家。

我离开了家，过了许多年，走过许多地方。我曾在不同的地方看到过夹竹桃，但是都没有留下深刻的印象。

两年前，我访问了缅甸。在仰光开过几天会以后，缅甸的许多朋友们热情地陪我们到缅甸北部古都蒲甘去游览。这地方以佛塔闻名，有“万塔之城”的称号。据说，当年确有万塔。到了今天，数目虽然没有那样多了，但是，纵目四望；嶙嶙峋峋，群塔簇天，一个个从地里涌出，宛如阳朔群山，又像是云南石林，用“雨后春笋”这一句老话，差堪比拟。虽然花草树木都还是绿的，但是时令究竟是冬天了，一片萧瑟荒寒气象。

然而就在这地方，在我们住的大楼前，我却意外地发现了老朋友夹竹桃。一株株都跟一层楼差不多高，以至我最初竟没有认出它们来。花色比国内的要多，除了红色的和白色的以外，记得还有黄色的。叶子比我以前看到的更绿得像绿蜡，花朵开在高高的枝头，更像片片的红霞、团团的白雪、朵朵的黄云。苍郁繁茂，浓翠逼人，同荒寒的古城形成了强烈的对比。

我每天就在这样的夹竹桃下走出走进。晚上同缅甸朋友们在楼上凭栏闲眺，畅谈各种各样的问题，谈蒲甘的历史，谈中缅文化交流，谈中缅两国人民的胞波的友谊。在这时候，远处的古塔渐渐隐入暮霭中，近处的几个古塔上却给电灯照得通明，望之如灵山幻境。我伸手到栏外，就可以抓到夹竹桃的顶枝。花香也一阵一阵地从下面飘上楼来，仿佛把中缅友谊熏得更加芬芳。

就这样，在对于夹竹桃的婉美动人的回忆里，又涂上了一层绚烂夺目的中缅人民友谊的色彩。我从此更爱夹竹桃。

1962 年 10 月 17 日

长城与中华民族的民族性[①]

……

我觉得，真正的爱国主义是一不允许别的国家侵略自己，二是也决不侵略别的国家，所以我说，真正的爱国主义与国际主义是密切相连的。

我讲这些话同长城有什么关系呢？同我讲的真正的爱国主义又有什么关系呢？我认为，二者之间有密切的联系。

既然中国在几千年的历史上时时都有外敌，应付的方法只有两种：一种是不顾自己人民的死活，当然更不顾敌方人民的死活，破釜沉舟，与敌人血战，争个你死我活。一种是防御退避，尽量挡住外敌的入侵，让自己的人民过上太平的日子。中国人在几千年中所采取的对策基本上是后者，是第二种：防御退避。

长城就是这种政策的最具体的表现。

---

① 本篇是作者于 1994 年 9 月 23 日在北京“长城国际学术研讨会”开幕式上的讲话。前半部分内容因与其他文章雷同，故删。

如果还不明白的话，我可以举一个近代的欧洲的例子。法国为了防御入侵，费了极大的力量，花了极多极多的钱，用了很多年的时间，修筑了举世闻名的马其诺防线。但是希特勒等法西斯头子，侵略成性，他决不会修什么防线，而是处心积虑，只想进攻，只想侵略，只想杀人。我并无意谴责德国人民。我只是说，法西斯头子是侵略成性，至于德国人民，他们同法国人民一样，也是爱好和平的民族。

讲到这里，我的主题已经非常清楚了：中华民族由于爱好和平成性，才在极长的历史时期，一个朝代接一个朝代，在北方修筑了万里长城，成为世界上的奇迹。长城充分地体现了中华民族爱好和平的本性。这并不是我作为一个中国人的自吹自擂，理智和常识会告诉任何一个国家的人：这是事实。

今天我们正处在 20 世纪的世纪末。大家都看到了，全世界多处战火飞腾，有些国家的人民处于水深火热之中。这个事实是完全违反全世界爱好和平的人民的意愿的。我们中华民族本着我们根深蒂固的爱好和平的民族性，热烈拥护和平。我们的社会制度决定了我们决不会侵略别人。但是，我们也决不能容忍别人侵略自己。我们现在开这样一个会，其目的无非是促进友谊，促进了解，促进合作，促进和平，为中国人民造福，为世界各国人民造福。我相信，这是今天到会的各国代表们的共识。让我们共同携手前进，为了一个共同的目标而努力吧。

1994 年 9 月 6 日

第三辑

风月同天

爱国与奉献

最近清华大学和北京同方文化发展有限公司共同推出了大型电视专题片《我愿以身许国》暨《科学家的故事》。我参加了首映式。前者讲的是两弹一星23位科学家的故事，后者讲的是中国其他将近一百位科学家的故事，二者实相联系，合成一体。我看了后大为兴奋，大为震动，大为欣悦，大为感激，简直想手舞足蹈了。我们要感谢以顾秉林校长为首的清华大学的校领导，感谢同方文化发展有限公司的徐林旗总经理。没有他们的努力，这两部电视片是完成不了的。我欢呼这部优秀的电视专题片的诞生。我相信，将来当这部电视片在全国放映的时候，会有成千上万的观众参加到我们欢呼的行列里来的。

这两部片子的意义何在呢?

我归纳为两点：爱国与奉献。以爱国主义的情操来推动奉献精神；以奉献的实际行动来表达爱国主义的情操。二者紧密相关，否则爱国主义只是一句空话，而奉献则成为无源之水，无本之木。

爱国主义是中华民族的优秀传统，历数千年而未衰。原因是中国历代都有外敌窥伺，屠我人民，占吾土地，从而激起了我们民族的爱国义愤，奋起抵抗，前赴后继，保存了我们国家的领土完整，维护了我们人民的生命安全，一直到了今天。

到了今天，我们国家虽然仍然处于发展中国家行列中，但是早已换了人间，我们在众多方面取得了令人瞩目的成绩，在全世界普遍的经济不景气的气氛中，我们却一枝独秀。我们国家在世界民族之林中的地位日益崇高。没有我国的参加，世界上任何重大问题都是解决不了的。在这样的情况下还有必要大声疾呼地提倡爱国主义吗?

我的意见是：有必要，而且比以前更迫切。我们目前的处境是，从一个弱国逐渐变为一个强国。我们是一个有 13 亿人口的大国。这种转变会引起周边一些国家的不安。虽然我们国家的历届领导人都昭告天下：我们决不会侵略别的国家，但是我们也决不会听任别的国家侵略我们。这样的话，他们是听不进去的。特别是那一个狂舞大棒，以世界警察自居，肆意干涉别国内政的大国，更是视我国为眼中钉。在这样的情况下，我认为，我们“国歌”中的一句话：“中华民族到了最危急的时候”，还有其现实的意义。

因此，我们眼前发扬爱国主义精神，不但不能削弱，而且更应加强。我们还要把爱国与奉献紧密结合起来。如果没有两弹一星的元勋们的无私奉献精神和行动，如果我们今天仍然没有两弹一星，我们的日子怎样过呀！那一个大国能像现在这样比较克制吗？说不定踏上我国土地的不仅是20世纪三四十年代打着膏药旗的侵略者，还会有打着另外一种旗帜的侵略者。

想到这里，我们不能不缅怀23位两弹一星的元勋们以及他们的助手们的丰功伟绩。他们长期从家中“失踪”，隐姓埋名，躲到沙漠深处，战严寒，斗酷暑，忍受风沙的袭击，奋发图强，终于制造出来了两弹一星，成了中国人民的新的万里长城。他们把爱国与奉献紧密地结合起来。他们是我们学习的楷模。我是不是过分夸大了两弹一星的作用呢？绝不是。以那个大国为首的力图阻碍我们前进的国家，都是唯武器论者。他们怕的只是你手中的真家伙。希望我们全国人民认真学习两弹一星的元勋们，也把爱国与奉献紧密结合起来。我们将成为世界大国是历史的必然，是谁也阻挡不住的。

2002年5月2日

邻　人

古书上说："德不孤，必有邻。"我不知道我是不是有德，但邻人我却是有了，而且很多。因为我现在住在一座外面看上去似乎像工厂的大楼上，上下左右都住着人，也就可以说都是我的邻人。

古时候有德的人的邻人怎样，我不敢说，也很难想象出来。但他们绝对不会像我现在这些邻人这样精深博大，这是我可以断言而引以自傲的。我现在的邻人几乎每个人都是专家。说到中国戏剧，就有谭派正宗，程派嫡传，还有异军突起自创的新腔。说到西洋剧和西洋音乐，花样就更多。有男高音专家，男低音专家，男不高不低音的专家。在这里，人长了嘴仿佛就是为了唱似的。每当晚饭初罢的时候，左面屋子里先涌出一段二黄摇板来。别的屋子当然也不会甘居人后，立刻挤出几支洋歌，其声呜呜然，仿佛是冬夜深山里的狼嗥。我虽然无缘瞻仰歌者的尊容，但我的眼却仿佛能透过墙壁看到他脸上的青筋在鼓胀起来，脖子拼命向上伸长。余音在长长的走廊里回荡，我们这房子可惜看不到梁，不然这余音绕在上面怕是永远再不消逝了。岂能只绕三天呢！古时候圣人在齐闻韶，三月不知肉味。我听了这样好的歌声，吃到肚子里去的肉只是想再吐出来。自己发狠也没办法。以前我也羡慕过圣人，现在我才知道，圣人毕竟是不可及的了。

但这才只是一个开端。不久就来了乐声。不一定从哪间屋子里先飘出一阵似乎是无线电的声音，有几间别的屋子立刻就响应。一转耳间已经是八音齐奏，律吕调畅，真正是洋洋乎盈耳哉。但却苦了我这不懂音乐的人。有时候电忽然停了，论理我应该不高兴。但现在我却从心里喜悦，以为最少这无线电收音机可工作不成了。但我失了望。不久就又是一片乐声从烛光摇曳的屋子里洋溢出来，在黑暗的走廊里回旋。我的高邻们原来又开了留声机。他们一点都不自私，毫不吝啬地把他们的快乐分给我一份，声音之高，震动全楼。他们废寝忘餐地一直玩到深夜，我也只好躺在枕上陪他们，瞪大了眼睛望着黑暗。

他们不但在这方面表现出一点都不自私，在别的方面他们也表现出他们的大度。他们仿佛一点秘密都不想保守。说话的时候，对方当然要听到，这是不成问题的。但他们还恐怕别人听不到，尽量提高了喉咙。有时候隔了几间屋还可以听得清清楚楚。倘若他们在走廊里说话，我的屋里就仿佛装了扩音器，我自己也仿佛在听名人演讲。当他们说话中再加上笑声的时候，那声势就更大。勉强打个譬喻，只有八月中秋的钱塘怒潮可以比得来。真足以振懦起弱，回肠荡气。我们这座楼据说已经有了点年纪，我真担心它会受不住这巨声的震荡蓦地倒下去。

当他们离开自己的屋子或者回自己屋子来的时候，他们也没有秘密，而且是唯恐别人不知道。他们关门的声音和底上钉了铁块的大皮鞋的声音就是用以昭告全楼，说是他们要出去或者回来了。在我的故乡，倘若一个人鬼鬼祟祟地放轻了脚步走到人家窗下去偷听人家的私话，我们就说这个人是踏鸡毛鞋。意思是说他的鞋底是用鸡毛做成的，所以走起路来没有声音。我们的高邻却绝对不踏鸡毛鞋，他们的鞋底是铁做成的。有时候我在屋里静静地看一点书，蓦地听到一阵铁与木头相击的声音，我心里已经知道是我的邻人来了。但我还没来得及再想，轰的一声，我的屋子，当然我也在内，立刻一阵震动，桌上玻璃杯里的水也立刻晃动起来，在电灯光下，起了成圈的水纹，伸张，扩散，幻成一条条的金光。我在大惊之余，脑海里糊涂了一阵。再仔细一想才知道是我的邻人在关门。

这一惊还没有定，头顶上又是轰的一声，仿佛中了一个炸弹。我的神经立刻紧张起来，我忘记我现在是在北平，我又仿佛回到两年前去，在德国一个小城的防空洞里，天空里盘旋着几百架英国飞机，就在不远的地方，响着一声声的炸弹。每一个炸弹一响，我就震得跳起来。每一刹那都在等着一个炸弹在自己头上一响，自己也就像做一个噩梦似的消逝了。自己当时虽然没有真的消逝，但现在却像一个被火烧过的小孩，见了一星星的光，身上也就不自主地战栗起来。但是我的头顶上还没有完。一声轰以后，立刻就听到桌子的腿被拖着在地板上走，地板偏又抵抗，于是发出了令人听了非常不愉快的声音。不久，椅子也被拖着走了，书架也被拖着走了，这一切声音合成一个大交响乐。住在下面的我就只好义务地来听。而且隔上不久，总要重演一次，使我在左右夹攻之中还要注意到更重要的防空。

这种生活确不单调，确不寂寞，也许有不少的人喜欢它。但我却真有点受不了。在篇首我引了两句古书："德不孤，必有邻。"那么倘若一个人孤而无邻的话，那他就一定是不德了。韩文公说："足手已无待于外之谓德。"谁都知道德是好东西，我也知道。但倘若现在让我拣选的话，我宁取不德。

1947 年 2 月 5 日

谈礼貌

眼下，即使不是百分之百的人，也是绝大多数的人，都抱怨现在社会上不讲礼貌。这完全有事实做根据的。前许多年，当时我腿脚尚称灵便，出门乘公共汽车的时候多，几乎每一次我都看到在车上吵架的人，甚至动武的人，起因都是微不足道的：你碰了我一下，我踩了你的脚，如此等等。试想，在拥拥挤挤的公共汽车上，谁能不碰谁呢？这样的事情也值得大动干戈吗？

曾经有一段时间，有关的机关号召大家学习几句话："谢谢！""对不起！"等等，就是针对上述的情况而发的。其用心良苦，然而我心里却觉得不是滋味。一个有五千年文明的堂堂大国竟要学习幼儿园孩子们学说的话，岂不大可哀哉！

有人把不讲礼貌的行为归咎于新人类或新新人类。我并无资格成为新人类的同党，我已经是属于博物馆的人物了。但是，我却要为他们打抱不平。在他们诞生以前，有人早著了先鞭。不过，话又要说回来。新人类或新新人类确实在不讲礼貌方面有所创造，有所前进，他们发扬光大这种并不美妙的传统，他们（往往是一双男女）在光天化日之下，车水马龙之中，拥抱接吻，旁若无人，洋洋自得，连在这方面比较不拘细节的老外看了都目瞪口呆，惊诧不已。古人说："闺房之内，有甚于画眉者。"这是两口子的私事，谁也管不着。但这是在闺房之内的事，现在竟几乎要搬到大街上来，虽然还没有到"甚于画眉"的水平，可是已经很可观了。新人类还要新到什么程度呢？

如果一个人孤身住在深山老林中，你愿意怎样都行。可我们是处在社会中，这就要讲究点人际关系。人必自爱而后人爱之。没有礼貌是目中无人的一种表现，是自私自利的一种表现，如果这样的人多了，必然产生与社会不协调的后果。千万不要认为这是个人小事而掉以轻心。

现在国际交往日益频繁，不讲礼貌的恶习所产生的恶劣影响，已经不局限于国内，而是会流布全世界。前几年，我看到过一个什么电视片，是由一个意大利著名摄影家拍摄的，主题是介绍北京情况的。北京的名胜古迹当然都包罗无遗，但是，我的眼前忽然一亮：一个光着膀子的胖大汉骑自行车双手撒把，作打太极拳状，飞驰在天安门前宽广的大马路上，给人的形象是野蛮无礼。这样的形象并不多见，然而却没有逃过一个老外的眼光。我相信，这个电视片是会在全世界都放映的。它在外国人心目中会产生什么影响，不是一清二楚了吗？

最后，我想当一个文抄公，抄一段香港《大公报》上的话：“富者有礼高贵，贫者有礼免辱，父子有礼慈孝，兄弟有礼和睦，夫妻有礼情长，朋友有礼义笃，社会有礼祥和。”

2001 年 1 月 29 日

漫谈撒谎

一

世界上所有的堂堂正正的宗教，以及古往今来的贤人哲士，无不教导人们：要说实话，不要撒谎。笼统来说，这是无可非议的。

最近读日本稻盛和夫、梅原猛著，卞立强译的《回归哲学》第四章，梅原和稻盛两人关于不撒谎的议论。梅原说："不撒谎是最起码的道德。自己说过的事要实行，如果错了就说错了——我希望现在的领导人能做到这样最普通的事。苏格拉底可以说是最早的哲学家，在苏格拉底之前有些人自称是诡辩家、智者。所谓诡辩家，就是能把白的说成黑的，站在A方或反A方同样都可以辩论。这样的诡辩家教授辩论术，曾经博得人们欢迎。原因是政治需要颠倒黑白的辩论术。"

在这里，我想先对梅原的话加上一点注解。他所说的"现在的领导人"，指的是像日本这样国家的政客。他所说的"政治需要颠倒黑白的辩论术”，指的是古代希腊的政治。

梅原在下面又说：“苏格拉底通过对话揭露了掌握这种辩论术的诡辩家的无智。因而他宣称自己不是诡辩家，不是智者，而是‘爱智者’。这是最初的哲学。我认为哲学家应当回归其原点，恢复语言的权威。也就是说，道德的原点是‘不撒谎’。……不撒谎是道德的基本和核心。”

梅原把“不撒谎”提高到“道德原点”的高度，可见他对这个问题是多么重视。我们且看一看他的对话者稻盛是怎样对待这个问题的。稻盛首先表示同意梅原的意见。可是，随后他就撒谎问题做了一些具体的分析。他讲到自己的经历，他说，有一个他敬仰的颇有点浪漫气息的人对他说：“稻盛，不能说假话，但也不必说真话。”他听了这话，简直高兴得要跳起来。接着他就写了下面一段话：“我从小父母也是严格教导我不准撒谎。我当上了经营的负责人之后，心里还是这么想：说谎可不行啊！可是，在经营上有关企业的机密和人事等问题，有时会出现很难说真话的情况。我想我大概是为这些难题苦恼时而跟他商量的。他的这种回答在最低限度上贯彻了‘不撒谎’的态度，但又不把真实情况和盘托出，这样就可以求得局面的打开。”

上面我引用了两位日本朋友的话，一位是著名的文学家，一位是著名的企业家。他们俩都在各自的行当内经过了多年的考验与磨炼，都富于人生经验。他们的话对我们会有启发的。我个人觉得，稻盛引用的他那位朋友的话：“不能说假话，但也不必说真话！”最值得我们深思。我的意思就是，对撒谎这类的社会现象，我们要进行细致的分析。

二

我们中国的父母，同日本稻盛的父母一样，也总是教导子女：不要撒谎。可怜天下父母心，总希望自己的子女能做一个堂堂正正的人，一个诚实可靠的人。如果子女撒谎成性，就觉得自己脸面无光。

不但父母这样教导，我们从小受教育也接受这种要诚实、不撒谎的教育。我记得小学教科书上讲了一个故事，内容是：一个牧童在村外牧羊，有一天忽然想出了一个坏点子，大声狂呼：“狼来了！”村里的人听到呼声，都争先恐后地拿上棍棒，带上斧刀，跑往村外，到了牧童所在的地方，那牧童却哈哈大笑，看到别人慌里慌张，觉得很开心，又很得意。谁料过了不久，果真有狼来了，牧童再狂呼时，村里的人却毫无动静，他们上当受骗一次，不想再重蹈覆辙。牧童的结果怎样，就用不着再说了。

所有这一些教导都是好的，但是也有一个共同的缺点，就是缺乏分析。

上面我说到，稻盛对撒谎问题是进行过一些分析的。同样，几百年前的法国大散文家蒙田（1533—1592），对撒谎问题也是作过分析的。在《蒙田随笔》上卷第九章《论撒谎者》，蒙田写道：“有人说，感到自己记性不好的人，休想成为撒谎者，这样说不无道理。我知道，语法学家对说假话和撒谎是作区别的。他们说，说假话是指说不真实的，但却信以为真的事，而撒谎一词源于拉丁语（我们的法语就源于拉丁语）。这个词的定义包含违背良知的意思，因此只涉及那些言与心违的人。”

大家一琢磨就能够发现，同样是分析，但日本朋友和蒙田的着眼点和出发点，都是不同的。其间区别是相当明显的，用不着再来啰唆。

记得鲁迅先生有一篇文章，讲的是一个阔人生子庆祝，宾客盈门，竞相献媚。有人说：此子将来必大富大贵。主人喜上眉梢。又有人说，此子将来必长命百岁。主人乐在心头。忽然有一个人说：此子将来必死。主人怒不可遏。但是，究竟谁说的是实话呢？

写到这里，我自己想对撒谎问题来进行点分析。我觉得，德国人很聪明，他们有一个词儿 notluege，意思是“出于礼貌而不得不撒的谎”。一般说来，不撒谎应该算是一种美德，我们应该提倡。但是不能顽固不化。假如你被敌人抓了去，完全说实话是不道德的，而撒谎则是道德的。打仗也一样。我们古人说“兵不厌诈”，你能说这是不道德吗？我想，举了这两个小例子，大家就可以举一反三了。

1996 年 12 月 7 日

我们为什么有时候应当说谎？

我已经在“夜光杯”上写过两篇《论撒谎》的短文，我对这个问题已经阐述得差不多了，本不应，也不想再来饶舌了。但是，我最近在《书摘》1998年11期读到了摘自何怀宏先生的《底线伦理》的名曰《我们为什么不应当说谎？》的文章，心有所感，便写了这一篇短文。

何文在开始前就用黑体字写了或引了一段话：“说谎不仅是对直接受骗者的伤害，也是对整个社会的伤害。”这个纲上得够高的了。下面在文章中，作者首先说：“说谎本身即恶，诚实本身即善。”然后根据康德的学说，对说谎作了哲学的分析。康德认为，说谎由于其本身的性质而要自己否定自己。作者在下面又根据康德的学说对说谎进行了分析，他首先提出了普遍化原则。他说：“它（指说谎——引者）一旦被试以能否普遍化的原则，就要自相矛盾，自行取消。”接着他又提出了说谎违反了人是目的的原则，说谎者把人视作仅仅作为手段，而不是目的。他进一步又说，说谎也可以说是违反了意志自律的原则。以上是康德的三原则。

作者接着又阐述了自己的观点。他认为，康德不赞同根据效果来进行道德论证，他却说有必要把效果也考虑进来。他的结论是：说谎从其性质和效果上都是一件坏事，而诚实却从两方面来说都是一件好事。

我不懂哲学，不喜欢哲学；但是从我的日常经验来说，我总觉得这是哲学家之论，书生之论，秀才之论。崇诚实而抑说谎无疑是正确的。但是，我们必须考虑场合，考虑谎言的性质。在敌人的法庭上，在夹棍、油锅等等逼供刑具的威胁下，你能对敌人诚实吗？你能把自己方面的秘密诚实地和盘托出吗？在这样的场合下，诚实反而是罪恶，而说谎则是美德。

即使在我们日常生活中，也会常常碰到说实话与说谎话的矛盾。比如有人请你去开会，你因某一些原因不想去，那么，你就可以说：已经有了别的安排，或者说身体不适。这样一来，如果对方是聪明人的话，他会心照不宣，双方都保持了面子。如果你想遵守诚实的原则，直白地说："你们的会不够格，我不想去参加。"对方会被置于尴尬的境地，气量小者则会勃然大怒。双方本来有的友谊可能因此而破裂。这样的谎言我们几乎常常会说，它对双方都无害。它不但不是非道德的，而是必要的。对保持人与人关系的安定团结，是不可或缺的。

我再重复一遍，我不是哲学家，也不是伦理学家；但是，我说的话，虽然看上去是幼儿园的水平，可都是大实话。

1998 年 11 月 18 日

关于人的素质的几点思考[1]

一、我们当前所面临的形势

谈问题必须从实际出发，这几乎成了一个常识。谈人的素质又何能例外？

在这方面，我们，包括大陆和台湾，甚至全世界，我们所面临的形势怎样呢？我觉得，法鼓人文社会学院的“通告”中说得简洁而又中肯：

识者每以今日的社会潜伏下列诸问题为忧：即功利气息弥漫，只知夺取而缺乏奉献和服务的精神；大家对社会关怀不够，环境日益恶化；一般人虽受相当教育，但缺乏判断是非善恶的能力；科技教育与人文教育未能整合，阻碍教育整体发展，亦且影响学生健全人格的养成。

---

① 本篇为作者在台北法鼓人文社会学院召开的“人文关怀与社会实践系列——人的素质学术研究会”上的讲话。

这些话都切中时弊。

在这里，我想补充上几句。

我们眼前正处在20世纪的世纪末和千纪末中。“世纪”和“千纪”都是人为地创造出来的；但是，一旦创造出来，它似乎就对人类活动产生了影响。19世纪的世纪末可以为鉴，当前的这一个世纪末，也不例外。在政治、经济等方面所发生的巨大变化，有目共睹。我特别想指出环境保护等方面的令人触目惊心的情况。这些都与西方科学技术的发展密切相关。

西方自产业革命以后，科技飞速发展。生产力解放之后，远迈前古。结果给全体人类带来了极大的意想不到的福利。这一点是无论如何也否认不掉的。但是同时也带来了同样是想不到的弊端或者危害，比如空气污染、海河污染、生态平衡破坏、一些动植物灭种、环境污染、臭氧层出洞、人口爆炸、淡水资源匮乏、新疾病产生，如此等等，不一而足。这些灾害中任何一项如果避免不了，祛除不掉，则人类生存前途就会受到威胁。所以，现在全世界有识之士以及一些政府，都大声疾呼，注意环保工作。这实在值得我们钦佩。

英国浪漫主义诗人雪莱（Shelley）以诗人的惊人的敏感，在19世纪初叶，正当西方工业发展如火如荼地上升的时候，在他所著的于1821年出版的《诗辨》中，就预见到它能产生的恶果，他不幸而言中，他还为这种恶果开出了解救的药方：诗与想象力，再加上一个爱。这也实在值得我们佩服。

眼前的这一个世纪末，实在是人类历史上一个空前的大动荡大转轨的时代。在这样的时机中，我们平常所说的“代沟”空前地既深且广。老少两代人之间的隔阂十分严峻。有人把现在年轻的一代人称为“新人类”，据说日本也有这个词儿，这个词儿意味深长。

二、人的天性或本能

我们就处在这样的环境条件下来探讨人的天性的一些想法。

两千多年以来，中国哲学史上始终有一个争论不休的问题：性善与性恶。孟子主性善，荀子主性恶，这是众所周知的事实。两说各有拥护者和反对者，中立派就主张性无善无恶说。我个人的看法接近此说，但又不完全相同。如果让我摆脱骑墙派的立场，说出真心话的话，我赞成性恶说，然则根据何在呢？

由于行当不对头——我重点搞的是古代佛教历史、中亚古代语文、佛教史、中印和中外文化交流史等，我对生理学和心理学所知甚微。根据我多年的观察与思考，我觉得，造物主或天或大自然，一方面赋予人和一切生物（动植物都在内）以极强烈的生存欲，另一方面又赋予它们极强烈的发展扩张欲。一棵小草能在砖石重压之下，以惊人的毅力，钻出头来，真令我惊叹不置。一尾鱼能产上百上千的卵，如果每一个卵都能长成鱼，则湖海有朝一日会被鱼填满。植物无灵，但有能，它想尽办法，让自己的种子传播出去。类似的例子，举不胜举。但是，与此同时，造物主又制造某些动植物的天敌，大鱼吃小鱼，小鱼吃虾米，猫吃老鼠，等等，等等。总之是，一方面让你生存发展，一方面又遏止你生存发展，以此来保持物种平衡、人和动植物的平衡。这是造物主给生物开玩笑。老子说："天地不仁，以万物为刍狗。"意思与此差为相近。如此说来，荀子的性恶说能说没有根据吗？荀子说："人之性恶，其善者伪也。""伪"字在这里有"人为"的意思，不全是"假"。总之，这说法比孟子性善说更能说得过去。

三、道德问题

写到这里，我认为可以谈道德问题了。道德讲善恶，讲好坏，讲是非，等等。那么，什么是善，是好，是是呢？根据我上面的说法，我们可以说：自己生存，也让别的人或动植物生存，这就是善。只考虑自己生存不考虑别人生存，这就是恶。《三国演义》中说曹操有言："宁教我负天下人，休教天下人负我。"这是典型的恶。要一个人不为自己的生存考虑，是不可能的，是违反人性的。只要能做到既考虑自己也考虑别人，这一个人就算及格了，考虑别人的百分比愈高，则这个人的道德水平也就愈高。百分之百考虑别人，所谓"毫不利己，专门利人”，是做不到的。那极少数为国家、为别人牺牲自己性命的，用一个哲学家的现成的话来说是出于“正义行动”。

只有人类这个“万物之灵”才能做到既为自己考虑，也能考虑到别人的利益。一切动植物是绝对做不到的，它们根本没有思维能力。它们没有自律，只有他律，而这他律就来自大自然或者造物主。人类能够自律，但也必须辅之以他律。康德所谓“消极义务”，多来自他律。他讲的“积极义务”，则多来自自律。他律的内容很多，比如社会舆论、道德教条等等都是。而最明显的则是公安局、检察机构、法院。

写到这里，我想把话题扯远一点，才能把我想说的问题说明白。

人生于世，必须处理好三个关系：一、人与大自然的关系，那也称之为“天人关系”；二、人与人的关系，也就是社会关系；三、人自己的关系，也就是个人思想感情矛盾与平衡的问题。这三个关系处理好，人就幸福愉快；否则就痛苦。

在处理第一个关系时，也就是天人关系时，东西方，至少在指导思想方向上截然不同。西方主“征服自然”（to conquer the nature），《天演论》的“物竞天择，适者生存”，即由此而出。但是天或大自然是能够报复的，能够惩罚的。你“征服”得过了头，它就报复。比如砍伐森林，砍光了森林，气候就受影响，洪水就泛滥。世界各地都有例可证。今年大陆的水灾，根本原因也在这里。这只是一个小例子，其余可依此类推。学术大师钱穆先生一生最后一篇文章《中国文化对人类未来可有的贡献》，讲的就是“天人合一”的问题，我冒昧地在钱老文章的基础上写了两篇补充的文章，我复印了几份，呈献给大家，以求得教正。

“天人合一”是中国哲学史上一个重要命题，解释纷纭，莫衷一是。钱老说：“我曾说‘天人合一’论，是中国文化对人类最大的贡献。”我的补充明确地说，“天人合一”就是人与大自然要合一，要和平共处，不要讲征服与被征服。西方近二百年以来，对大自然征服不已，西方人以“天之骄子”自居，骄横不可一世，结果就产生了我在上文第一章里补充的那一些弊端或灾害。钱宾四先生文章中讲的“天”似乎重点是“天命”，我的“新解”，“天”是指的大自然。这种人与大自然要和谐相处的思想，不仅仅是中国思想的特征，也是东方各国思想的特征。这是东西文化思想分道扬镳的地方。在中国，表现这种思想最明确的无过于宋代大儒张载，他在《西铭》中说：“民，吾同胞；物，吾与也。”“物”指的是天地万物。佛教思想中也有“天人合一”的因素，韩国吴亨根教授曾明确地指出这一点来。佛教基本教规之一的“五戒”中就有戒杀生一条，同中国“物与”思想一脉相通。

四、修养与实践问题

我体会，圣严法师之所以不惜人力和物力召开这样一个规模宏大的会议，大陆暨香港地区以及台湾的许多著名的学者专家之所以不远千里来此集会，绝不会是让我们坐而论道的。道不能不论，不论则意见不一致，指导不明确，因此不论是不行的。但是，如果只限于论，则空谈无补于实际，没有多大意义。况且，圣严法师为法鼓人文社会学院明定宗旨是“提升人的品质，建设人间净土”。这次会议的宗旨恐怕也是如此。所以，我们在议论之际，也必须想出一些具体的办法。这样会议才能算是成功的。

我在本文第一章中已经讲到过，我们中国和全世界所面临的形势是十分严峻的。钱穆先生也说：“近百年来，世界人类文化所宗，可说全在欧洲。最近50年，欧洲文化近于衰落，此下不能再为世界人类文化向往之宗主。所以可说，最近乃人类文化之衰落期。此下世界文化又将何所向往？这是今天我们人类最值得重视的现实问题。”可谓慨乎言之矣。

我就是在面临这样严峻的情况下提出了修养和实践问题的，也可以称之为思想与行动的关系，二者并不完全一样。

所谓修养，主要是指思想问题、认识问题、自律问题，他律有时候也是难以避免的。在大陆，帮助别人认识问题，叫作“做思想工作”。一个人遇到疑难，主要靠自己来解决，首先在思想上解决了，然后才能见诸行动，别人的点醒有时候也起作用。佛教禅宗主张“顿悟”。觉悟当然主要靠自己，但是别人的帮助有时也起作用。禅师的一声断喝，一记猛掌，一句狗屎橛，也能起振聋发聩的作用。宋代理学家有一个克制私欲的办法。清尹铭绶《学见举隅》中引朱子的话说：

> 前辈有俗澄治思虑者，于坐处置两器，每起一善念，则投白豆一粒于器中；每起一恶念，则投黑豆一粒于器中。初时黑豆多，白豆少，后来随不复有黑豆，最后则验白豆亦无之矣。然此只是个死法，若更加以读书穷理的工夫，那去那般不正作当底思虑，何难之有？

这个方法实际上是受了佛经的影响。《贤愚经》卷十三，（六七）优波提品第六十讲到一个“系念”的办法：

> 以白黑石子，用当等于筹算。善念下白，恶念下黑。优波提奉受其教，善恶之念，辄投石子。初黑偶多，白者甚少。渐渐修习，白黑正等。系念不止。更无黑石，纯有白者。善念已盛，逮得初果。（《大正新修大藏经》，第四卷，页四四二下）

这与朱子说法几乎完全一样，区别只在豆与石耳。

这个做法究竟有多大用处？我们且不去谈。两个地方都讲善念、恶念。什么叫善？什么叫恶？中印两国的理解恐怕很不一样。中国的宋儒不外孔孟那些教导，印度则是佛教教义。我自己对善恶的看法，上面已经谈过。要系念，我认为，不外是放纵本性与遏制本性的斗争而已。为什么要遏制本性？目的是既让自己活，也让别人活。因为如果不这样做的话，则社会必然乱了套，就像现代大城市里必然有红绿灯一样，车往马来，必然要有法律和伦理教条。宇宙间，任何东西，包括人与动植物，都不允许有“绝对自由”。为了宇宙正常运转，为了人类社会正常活动，不得不尔也。对动植物来讲，它们不会思考，不能自律，只能他律。人为万物之灵，是能思考、能明辨是非的动物，能自律，但也必济之以他律。朱子说，这个系念的办法是个“死法”，光靠它是不行的，还必须读书穷理，才能去掉那些不正当的思虑。读书当然是有益的，但却不能只限于孔孟之书；穷理也是好的，但标准不能只限于孔孟之道。特别是在今天，在一个新世纪即将来临之际，眼光更要放远。

眼光怎样放远呢？首先要看到当前西方科技所造成的弊端，人类生存前途已处在危机中。世人昏昏，我必昭昭。我们必须力矫西方“征服自然”之弊，大力宣扬东方“天人合一”的思想，年轻人更应如此。

以上主要讲的是修养。光修养还是很不够的，还必须实践，也就是行动，最好能有一个信仰，宗教也好，什么主义也好；但必须虔诚、真挚。这里存不得半点虚假成分。我们不妨先从康德的“消极义务”做起：不污染环境、不污染空气、不污染河湖、不胡乱杀生、不破坏生态平衡、不砍伐森林，还有很多“不”。这些“消极义务”能产生积极影响。这样一来，个人的修养与实践、他人的教导与劝说，再加上公、检、法的制约，本文第一章所讲的那一些弊害庶几可以避免或减少，圣严法师所提出的希望庶几能够实现，我们同处于“人间净土”中。“挽狂澜于既倒”，事在人为。

1999 年 3 月 29 日

容忍

人处在家庭和社会中，有时候恐怕需要讲点容忍的。

唐朝有一个姓张的大官，家庭和睦，美名远扬，一直传到了皇帝的耳中。皇帝赞美他治家有道，问他道在何处，他一气写了一百个“忍”字。这说得非常清楚：家庭中要互相容忍，才能和睦。这个故事非常有名。在旧社会，新年贴春联，只要门楣上写着“百忍家声”就知道这一家一定姓张。中国姓张的全以祖先的容忍为荣了。

但是容忍也并不容易。1935 年，我乘西伯利亚铁路的车经苏联赴德国，车过中苏边界上的满洲里，停车四小时，由苏联海关检查行李。这是无可厚非的，入国必须检查，这是世界公例。但是，当时的苏联大概认为，我们这一帮人，从一个资本主义国家到另一个资本主义国家，恐怕没有好人，必须严查，以防万一。检查其他行李，我绝无意见。但是，在哈尔滨买的一把最粗糙的铁皮壶，却成了被检查的首要对象。这里敲敲，那里敲敲，薄薄的一层铁皮绝藏不下一颗炸弹的，然而他却敲打不止。我真有点无法容忍，想要发火。我身旁有一位年老的老外，是与我们同车的，看到我的神态，在我耳旁悄悄地说了句：Patience is the great virtue（容忍是很大的美德）。我对他微笑，表示致谢。我立即心平气和，天下太平。

看来容忍确是一件好事，甚至是一种美德。但是，我认为，也必须有一个界限。我们到了德国以后，就碰到这个问题。旧时欧洲流行决斗之风，谁污辱了谁，特别是谁的女情人，被污辱者一定要提出决斗。或用手枪，或用剑。普希金就是在决斗中被枪打死的。我们到了的时候，此风已息；但仍发生。我们几个中国留学生相约：如果外国人污辱了我们自身，我们要揣度形势，主要要容忍，以东方的恕道克制自己。但是，如果他们污辱我们的国家，则无论如何也要同他们玩儿命，决不容忍。这就是我们容忍的界限。幸亏这样的事情没有发生，否则我就活不到今天在这里舞笔弄墨了。

现在我们中国人的容忍水平，看了真让人气短。在公共汽车上，挤挤碰碰是常见的现象。如果碰了或者踩了别人，连忙说一声：“对不起！”就能够化干戈为玉帛，然而有不少人连“对不起”都不会说了。于是就相吵相骂，甚至于扭打，甚至打得头破血流。我在自己心中暗暗祝愿：容忍兮，归来！

1996 年 12 月 17 日

文字之国

记得鲁迅先生曾批评中国是文字之国，虽然“文字之国”含义颇为宽泛，我基本上是同意鲁迅的意见的。

试想在旧社会，有一种比较普遍的信仰：敬惜字纸。意思就是，凡是写上了字的纸，都不能随便乱丢乱扔，更不许踩在脚下，原因大概是字是圣人创造的神物，必须尊敬。连当年的遍野的文盲，对此也坚决遵守，不敢或违。今天的青年人大概很少有人知道这种情况了。

还有一种现象，南方城市我不清楚，在北方的许多城市中，往往是在偏僻的陋巷里，墙上嵌着一块石碑，上书“泰山石敢当”，据说能驱逐恶鬼。夜行僻巷，阒静无人，心惊胆战，欲呼无人，只要看到这样一块石碑，胆子立即壮了起来，用不着自己故意高声歌唱了。

到了今天，早已换了人间，上述的情况已经消泯得无影无踪。然而文字之国，积习照旧。最常见的一个现象就是，地无分南北，城不论大小，衙门不管大小，商店不分高低，都在引人注目的地方高悬着五个金光闪闪的大字：为人民服务。内容是绝对正确的，用意是极端美好的。然而实际情况怎样呢？在很多——不是所有的情况下，仿佛这五个大字一经书写，立即通过某种神力变成了实际行动。在当年红宝书盈满天下的年代里，这五个字或许能产生某种力量，因为当时许多人确实怀着极为虔诚的信仰，诚则灵，因而能产生实际效果。到了今天，对一些人来说已经产生了信仰危机，这五个字的威力就必须大打折扣了。很多地方，在为人民服务的招牌下，干着违反人民利益的勾当，衙门搞官僚主义，商店出售假冒伪劣商品，圆融无碍，处之泰然，反正“为人民服务”的招牌已经打出去了，一了百了了。

还有一个现象，我觉得，也应归入这个范畴。在燕园里有许多大大小小的池塘，塘中有鱼，鱼虾无言，塘边成蹊，捉虾垂钓者颇多。学校于是派人竖立了一个白牌，上书“禁止垂钓”几个红色大字。但是，竖立后几年以来，我几乎每天都看到有人在塘边钓鱼，垂数年之久，从未有人过问。垂钓者手持最新式的珍贵的钓竿，巍然坐在马扎上，口含香烟，神情安怡，就正在“禁止钓鱼”的红字白牌的下面，成为燕园一景。在这里，已同上面提到的“泰山石敢当”相反。前者只需写上了一个人（？）名，就能吓退恶鬼。这里写上了具体的内容，却吓不退一个活人。活人的威力真已大矣，恶鬼大概十分羡慕吧。

类似的情况还可以举一大堆来，政府令不行禁不止的情况也所在多有。我只有一个希望：文字与行动并举。否则，我们国家的前进会受到极大的阻碍。

1999 年 3 月 18 日

有为有不为

“为”，就是“做”。应该做的事，必须去做，这就是“有为”。不应该做的事必不能做，这就是“有不为”。

在这里，关键是“应该”二字。什么叫“应该”呢？这有点像仁义的“义”字。韩愈给“义”字下的定义是“行而宜之之谓义”。“义”就是“宜”。而“宜”就是“合适”，也就是“应该”，但问题仍然没有解决。要想从哲学上从伦理学上说清楚这个问题，恐怕要写上一篇长篇论文，甚至一部大书。我没有这个能力，也认为根本无此必要。我觉得，只要诉诸一般人都能够有的良知良能，就能分辨清是非善恶了，就能知道什么事应该做，什么事不应该做了。

中国古人说：“勿以善小而不为，勿以恶小而为之。”可见善恶是有大小之别的，应该不应该也是有大小之别的，并不是都在一个水平上。什么叫大，什么叫小呢？这里也用不着繁琐的论证，只需动一动脑筋，睁开眼睛看一看社会，也就够了。

小恶、小善，在日常生活中，随时可见。比如在公共汽车上给老人和病人让座，能让，算是小善；不能让，也只能算是小恶，够不上大逆不道。然而，从那些一看到有老人或病人上车就立即装出闭目养神的样子的人身上，不也能由小见大看出了社会道德的水平吗？

至于大善大恶，目前社会中也可以看到，但在历史上却看得更清楚。比如宋代的文天祥。他为元军所虏。如果他想活下去，屈膝投敌就行了，不但能活，而且还能有大官做，最多是在身后被列入“贰臣传”，“身后是非谁管得”，管那么多干吗呀。然而他却高赋《正气歌》，从容就义，留下英名万古传，至今还在激励着我们全国人民的爱国热情。

通过上面举的一个小恶的例子和一个大善的例子，我们大概对大小善和大小恶能够得到一个笼统的概念了。凡是对国家有利，对人民有利，对人类发展、前途有利的事情就是大善，反之就是大恶。凡是对处理人际关系有利，对保持社会安定团结有利的事情可以称之为小善，反之就是小恶。大小之间有时难以区别，这只不过是一个大体的轮廓而已。

大小善和大小恶有时候是有联系的。俗话说：千里之堤，溃于蚁穴。拿眼前常常提到的贪污行为而论。往往是先贪污少量的财物，心里还有点打鼓。但是，一旦得逞，尝到甜头，又没被人发现，于是胆子越来越大，贪污的数量也越来越多，终至于一发而不可收，最后受到法律的制裁，悔之晚矣。也有个别的识时务者，迷途知返，就是所谓浪子回头者，然而难矣哉！

我的希望很简单，我希望每个人都能有为有不为。一旦“为”错了，就毅然回头。

2001 年 2 月 23 日

关于名牌意识

最近到深圳去参加了诚成企业集团举办的“中国上市公司文化建设与品牌战略研讨会”，学习了很多新东西。

所谓“品牌战略”，说得通俗一点就是“争创名牌”。会议文件中引用了营销专家Larry Light的话：“未来的营销是品牌的战争……拥有市场比拥有工厂重要多了。唯一拥有市场的途径是先拥有具市场优势的品牌。”这话无疑是十分正确的。我因而想到了我国前副总理薄一波的话：“名牌，是民族工业的精华和骄傲，是国家经济实力的一个重要标志。”两个人说的都是一个意思。

根据我们每个人的经验，都一定会同意这种看法的。我们腰包里的那几文钱实在是来之不易，想买东西，必定是左斟右酌，反复思考，期望能得到物美价廉，经久耐用的结果。在这种情况下，倘见名牌，一定会优先录取，钱也出手得容易，心里还溢满了购物的喜悦。专就北京一地而论，真不愧是首善之区，千年古都，名牌林立，驰誉天下，什么同仁堂的国药、六必居的酱菜、月盛斋的酱牛肉、天福号的肘子、内联升的鞋、盛锡福的帽子、全聚德的烤鸭，如此等等，难以细数。这些名牌的历史，大都超过了美国。它们之所以能成为名牌，专靠产品质量。在二三百年的长时间内，兢兢业业，子孙相传，专意保持名牌质量，其困难程度真不下于唐僧取经。

全国各地都有一些名牌。有这样的先例在前，今天把创名牌提到了战略的高度，真可以说是顺乎人心，应乎潮流睿智之举了。

然而，我却顿时忧心忡忡起来。我目睹了一些情况，又听到了一些传闻，在目前向市场经济转轨的情况下，假冒伪劣的商品充斥市场，这种坏风气使许多人迷了心窍。据说一个酒厂每天向电视台开进一辆桑塔纳，开出一辆奥迪，顿时发了大财。然而泡沫绝不会长久存在的，结果是商人已经腾达去，此地空留恶名声。连上述的许多名牌，传闻有个别的已耐不住寂寞，有改弦的动向，搞一点小小的掺假活动。古人说：千里之堤，溃于蚁穴。小小的掺假逐渐会变为大大的掺假，则几百年的盛名会毁于一旦，岂不大可惜哉！岂不大可哀哉！

我诚恳奉劝今天的大小企业家们，要认真对待这个问题。中国古代兵法主张“兵不厌诈”，这是未可厚非的。但是，我们却万万不能提倡“商不厌诈”，这样做等于搬起石头砸自己的脚，绝不会有好结果的。我觉得，“诚成企业集团”的“诚、成”二字具有重要的启迪意义：惟“诚实”才能“成功”。

1998 年 12 月 12 日

满招损，谦受益

这本来是中国一句老话，来源极古，《尚书·大禹谟》中已经有了，以后历代引用不辍，一直到今天，还经常挂在人民嘴上。可见此话道出了一个真理，经过将近三千年的检验，益见其真实可靠。

这话适用于干一切工作的人，做学问何独不然？可是，怎样来解释呢？

根据我自己的思考与分析，满（自满）只有一种：真。假自满者，未之有也。吹牛皮，说大话，那不是自满，而是骗人。谦（谦虚）却有两种，一真一假。假谦虚的例子，真可以说是俯拾即是。故作谦虚状者，比比皆是。中国人的“菲酌”“拙作”之类的词，张嘴即出。什么“指正”、“斧正”、“哂正”之类的送人自己著作的谦辞，谁都知道是假的；然而谁也必须这样写。这种谦辞已经深入骨髓，不给任何人留下任何印象。日本人赠人礼品，自称“粗品”者，也属于这一类。这种虚伪的谦虚不会使任何人受益。西方人无论如何也是不能理解的。为什么拿“菲酌”而不拿盛宴来宴请客人？为什么拿“粗品”而不拿精品送给别人？对西方人简直是一个谜。

我们要的是真正的谦虚，做学问更是如此。如果一个学者，不管是年轻的，还是中年的、老年的，觉得自己的学问已经够大了，没有必要再进行学习了，他就不会再有进步。事实上，不管你搞哪一门学问，绝不会有搞得完全彻底一点问题也不留的。人即使能活上一千年，也是办不到的。因此，在做学问上谦虚，不但表示这个人有道德，也表示这个人是实事求是的。听说康有为说过，他年届三十，天下学问即已学光。仅此一端，就可以证明，康有为不懂什么叫学问，现在有人尊他为“国学大师”，我认为是可笑的。他至多只能算是一个革新家。

在当今中国的学坛上，自视甚高者，所在皆是；而真正虚怀若谷者，则绝无仅有。我不认为这是一个好现象。有不少年轻的学者，写过几篇论文，出过几册专著，就傲气凌人。这不利于他们的进步，也不利于中国学术前途的发展。

我自己怎样呢？我总觉得自己不行。我常常讲，我是样样通，样样松。我一生勤奋不辍，天天都在读书写文章，但一遇到一个必须深入或更深入钻研的问题，就觉得自己知识不够，有时候不得不临时抱佛脚。人们都承认，自知之明极难；有时候，我却觉得，自己的“自知之明”过了头，不是虚心，而是心虚了。因此，我从来没有觉得自满过。这当然可以说是一个好现象。但是，我又遇到了极大的矛盾：我觉得真正行的人也如凤毛麟角。我总觉得，好多学人不够勤奋，天天虚度光阴。我经常处在这种心理矛盾中。别人对我的赞誉，我非常感激；但是，我并没有被这些赞誉冲昏了头脑，我头脑是清楚的。我只劝大家，不要全信那一些对我赞誉的话，特别是那些顶高得惊人的帽子，我更是受之有愧。

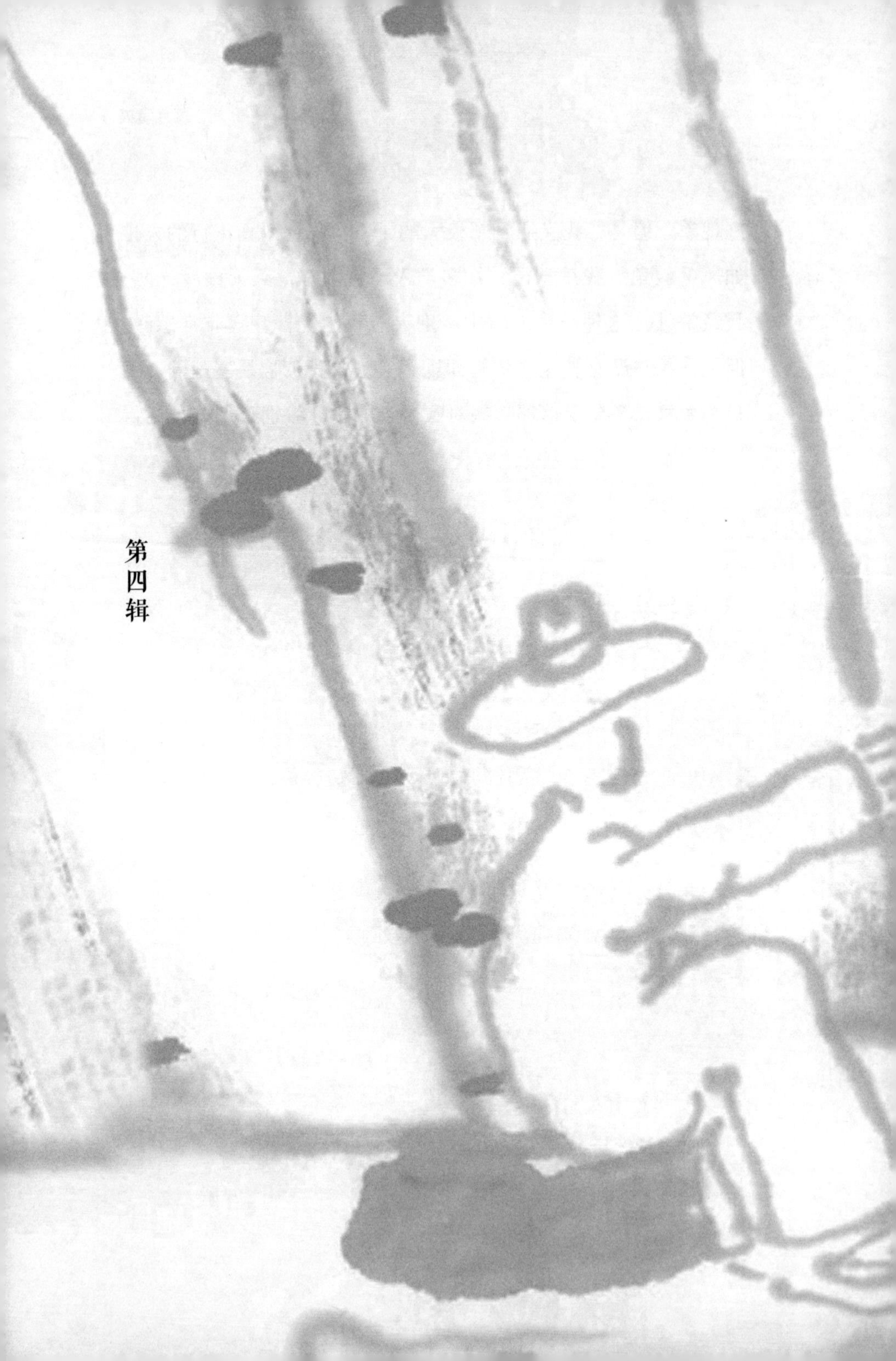

第四辑

桃李芬芳

对 21 世纪人文学科建设的几点意见[①]

首先我要向大家表示抱歉，让我来邵逸夫科学馆报告厅作报告，很怕耽搁大家的时间。另外，我想简单说一说，为什么我是山东大学校友。

这话说起来有点跟历史一样：1926 年我 15 岁，1928 年我 17 岁，我在山东大学附设高中（当时在北园白鹤庄）念书，所以我现在算是山大校友，当时我们校长是前清状元王寿彭。这件事交代完了以后，就来做我的所谓报告。

昨天，我的学生，也是我的朋友，《文史哲》杂志主编蔡德贵教授"突然袭击"，说今天让我做报告。说句老实话，我没有这个思想准备。而他是这样讲的，您愿讲什么就讲什么。

---

① 本篇为作者在 1996 年 10 月 4 日—6 日山东大学"面向 21 世纪的人文学科建设暨季羡林学术思想研讨会"上的讲话，根据录音整理而成，全文已经作者审阅。

这就麻烦了。不如他给我出一个题，作八股好作，而让我愿意讲什么就讲什么，这是一个天大的难题，因为我脑袋里乱七八糟的东西，古今中外的，杂七杂八什么都有。究竟讲什么？昨天晚上我就考虑这个问题。我想今天是不是结合我们这个讨论会，面向 21 世纪的人文学科建设这个总的方向，谈一谈我的几点意见。

我这个意见嘛，现在争论很大。学术上有争论的是好事，如果发表一个意见，没有人理，那最寂寞，最难过，有争论好。什么问题呢？就是中西文化。

我这个人是搞语言的，很死板。清朝桐城派有义理、辞章、考据三门学问，我对义理最没有兴趣。可是到了晚年，却突然“老年忽发少年狂”，考虑义理就多了。我没有受过什么严格的训练，因为我讨厌这个东西。不过现在想起的问题，都跟义理有关。

首先，是中西文化。中、西文化有区别，这个大家都承认，可是讲中、西文化有区别，不是现在才开始。在唐朝初年，也就是穆斯林运动开始的时候，大家知道，穆罕默德，按时代来讲，生在中国的陈朝，跨过隋，隋只有几十年，到唐初他才逝世。没有穆罕默德，就没有穆斯林，没有伊斯兰。在伊斯兰教初期，也就是相当于在中国的唐代初期，7 世纪，在阿拉伯国家，在伊朗（那时叫波斯），流传着一个说法。一个什么说法呢？就是世界的民族，只有两个民族有文化，一个是中国，一个是古代希腊。这话也没有错。可又说，希腊人只有一只眼睛，中国人有两只眼睛。这就是一个价值判断，就说明我们中国比希腊高。他们为什么这么讲呢？他们说希腊人只有理论，没有技术。这话也对，世界上几大发明希腊都是一点没沾边。中国呢，是只有技术，没有理论。这句话应该做点小小的纠正，中国也有理论，他们说得太绝对了。我们的四大发明一直到现在，在全世界起那么大的作用，希腊没有。因此就说中国人有两只眼睛。在 7 世纪，在阿拉伯国家，在伊朗，有这种说法，必然有它的根据。根据我在这里就不讲了。

这样，我就感觉到，中、西文化有区别的说法，不是现在才开始的。1300 年以前，就开始了。区别到底在什么地方呢？根据我的经验，胡思乱想的结果，感觉到中、西文化既然叫文化，必然有共同的地方，不成问题。物质、精神两个方面，为人类造福，这就是文化。这个中、西都一样，没有什么差别。可区别在什么地方呢？区别就在于中、西思维模式，思维方式不一样。西方思维模式的基础是分析，什么东西都分析，一分为二,万世不竭。东方呢，思维模式是综合。综合是八个字：整体概念，普遍联系，这叫综合。举例子很简单，西医，要是头痛了，他给你敷上一块湿凉手巾，这就是我们说的头痛医头。中国呢，头痛了，他给你在下边，在涌泉穴扎针，中国是头痛医脚，西方是头痛治头。这就表现出我们是拿人作为一个整体，整体概念，普遍联系，头与脚是有联系的。我们有大宇宙、小宇宙，人是小宇宙。从这儿开始，我想中、西文化是有区别的。后来，我看了一本书，是中国科学院一个有名的数学家，大数学家吴文俊教授，他给《九章算术》写了一篇序，他就讲，数学（吴文俊教授并不搞哲学，也不搞什么中西文化，他就是数学家），东方的数学与西方的不一样。西方的数学，从公理出发，亚里士多德三段论法：凡人必死，张三人也，故张三必死，它从公理出发。立一公理：凡人必死，凡人怎么怎么样，下面演绎。中国呢，是从问题出发，从实际出发，所以中国数学的发展，不是从公理来的，是从问题来的，是从实际来的。这是吴文俊先生的意见。后来有一次，我们在一起开会，吴文俊教授也参加了。他不搞文化，也不搞中西文化，这证明不但人文社会科学中、西不一样，就连自然科学也是中、西不一样。这个不一样，并不是说中国就能 2+2=5，不是这个意思，而是说西方是从公理出发，中国是从问题出发，从实际出发。因此我更对自己的想法沾沾自喜。梁漱溟先生 20 年代初写过一部《东西文化及其哲学》，很出名，他讲的跟我们讲的不一样，他那个“西”，是把印度放在中间。我在这里考虑，我们“东”，包括印度、阿拉伯国家在内，相当于东方。我们东方思维，就是综合的，普遍联系，整体概念，是从整体来看问题的。因此，就讲“天人合一”。

我考虑“天人合一”问题也是很偶然的。我看到原来北京大学教授钱穆（他后来到台湾，到香港，现在已经过世了。若从辈分上讲，他应该是我的老师，但我没有听过他的课，我不是北大毕业的）的一篇文章，那意思就是搞了一辈子中国学问，可后来到了晚年忽然悟出一个道理来，这就是“天人合一”，讲得不是那么很清楚。后来他就过世了，没有写下去。可是我一想，“天人合一”到底应该怎么解释？在座的有好多哲学家，同学们也有许多研究哲学、研究历史的。“天人合一”，你翻看中国哲学史任何一本，从孔子、老子、墨子，一直到清代，谈“天人合一”的多得不得了，都讲“天人合一”。可是究竟什么叫“天人合一”，每个人都有一个说法，最近我写了一篇文章，可能会引起很大轰动，还没有发表，叫作《真理愈辨愈明吗？》，有时候我考虑真理不是愈辨愈明，而是愈辨愈糊涂。《新民晚报》有个副刊“夜光杯”要发。“天人合一”，你要讲清楚写文章，就是写上一万字，十万字，一百万字，也写不完。几乎每一个哲人，儒家、道家、佛家都讲“天人合一”。我写了一篇文章，叫《“天人合一”新解》。所谓“新解”也者，就是我的解释，跟孔子、老子、孟子，都没有关系，他们讲他们的“天人合一”，我讲我的“天人合一”。后来文章在全国古籍整理小组主办的杂志《传统文化与现代化》创刊号上发表以后，引起了全国很大的争论。

我刚才说了，有争论就是好事。你发表一篇文章，提出一个看法，人家不理，那最难受。理的话，有两种理法，一种是赞成，一种是反对。后来，我想围绕这个问题的争论，全国实在是太多了，我就想了个办法，出一本书，叫《东西文化议论集》，不是辩论集，也不是讨论集，叫议论集。什么叫议论呢？就是你打你的，我打我的。《东方文化集成》是我几年前发起编写的一套专讲东方文化的书，500种，不是500册，可能是600册，700册，其中中国占100种，日本给50种，印度给50种，阿拉伯国家给50种，这是250种，其余的250种，各东方国家每个国家，最少一本，最多几本，韩国、朝鲜、蒙古甚至马尔代夫，马尔代夫可能有些同学不知道在什么地方，是一个很小的国家。只要是东方国家，就给一本。最近我们搞了几年，现在开始出版了，出版了10种11册。今天下午，我要献给我的母校。其中有一本书叫《东西文化议论集》。议论就是刚才说的，你打你的，我打我的。我写了一个序，我说我那篇《"天人合一"新解》发表以后，有人跟我辩论，有人跟我商榷，也有人赞成，外国也有赞成的，德国人、日本人都有赞成的，中国人也有反对的，激烈反对的，都好，都收录到里边来。我说我们共同唱一出戏——《十字坡》。《十字坡》是一出武松打店的戏，夜里边，是不是一丈青，不是一丈青，可能是母夜叉孙二娘，我忘记了，《水浒传》上的。因为在黑暗中，想杀人蒸包子，满台刀光剑影，可是谁也打不着谁。我们大家共唱一出《十字坡》，你要你的，我要我的，你也别碰我，我也别碰你，我也不给你"挡车"，你的意见我也给你发表。那个议论集共两本，两本还不够，再出两本也不够，这样一个大问题，就与21世纪的人文社会科学建设有关。

“天人合一”如果你觉得值得考证，那可以写成十万,八万,一百万，都可以写，没有什么了不起，多搜集资料，多看几部古书就可以了。我跟那些无关，我是“新解”，新解是我的解释。说你怎么这么讲，现在有人对我激烈反对。我说你们忘记了，我是新解，是我自己的解释。说我跟哪个哪个不同啊，跟过去哪个哪个不一样啦，要一样的话，怎么叫新解呢？新解就是不一样。那么我的“新解”是什么呢？我的新解就是：天，就是大自然；人，就是人类。人类和大自然要合一，不应该矛盾。以下删去两段，叙述、观点与《“天人合一”新解》(《季羡林全集》第十四卷）相同。

这个问题怎么解决?

现在有人讲，你说那个“天人合一”有什么用，还得用科学来解决。科学犯了错误，由科学自己来解决，来纠正。当然是要科学的，我不否定，科学还是要的。不过，首先要解决思想问题，认识这个问题的重要性、严重性，否则的话，你会无能为力。我们中国工业发展比较晚，可是晚有晚的好处，最早要建工厂，根本不讲究怎么来处理工业废水，怎么处理烧煤的煤气，现在我们讲究了，有这个概念了。建工厂之前一定要处理好烧煤的技术设备，处理好冲向天空的煤烟，不然要出黑烟。黑烟里边据说有炭末，白烟就好一点。污水，要想办法花点钱治理，所以工业化晚有晚的好处。

我们中国现在建工厂就已经意识到工厂非盖不行，现代化非盖工厂不行，不可能离开工厂，避免灾害的工作我们正在做，做到什么程度呢？还很难说。因此我就想到为了21世纪人类的生存，我们必须先解决思想问题，思想问题一解决，天，就是大自然，与我们人类要合一，要成为朋友，不能成为敌人，不能征服和被征服，那是不行的。解决思想问题以后，上下一致，然后再来发展我们的工业。不是不发展，工业不发展是不行的；可是弊端要避免，不避免也是不行的。总起来说，就是这么一个大体轮廓。我刚才说过，我自己不是搞义理这一行的，是搞语言的，很枯燥的，现在考虑这个问题，就发现东、西文化就是不一样，不承认这一点就不行。

前一阶段，我应邀到中国科学院去讨论21世纪科学的远景规划，我发言说首先要谈，要搞清楚中国与西方有什么不同。

“天人合一”思想是十分重要的，不然，这样子污染下去，到2050年（在座的有好多能到2050年，我到不了啦），到那个时候，人类就会很困难了，非常麻烦，因此要未雨绸缪。所以我们现在谈21世纪，讲人文科学，不但讲人文科学，连所有的科学，包括自然科学、技术科学也在内，必须考虑这个问题。不考虑是不行的。

现在有人对我的意见激烈地反对，说解决这个问题还得靠科学，我不是反对科学，是要科学来解决，但是科学是人来使用的一种东西，科学本身是活的。有人提倡科学主义，科学主义现在是个贬义词，认为科学能够解决一切问题。科学不能解决一切问题。因此 21 世纪人文科学的发展必须考虑这个问题，考虑东方与西方的不同之处，弘扬“天人合一”的思想，上上下下，脑子里的这根弦要绷得紧紧的，时刻想到这个问题，以后的事情就好办了。

我们搞社会科学的人有一个较一致的看法，就是在国际上没有中国人的声音，鲁迅说过“无声的中国”，没有我们的声音。这话是指，不但人文社会科学没有我们的声音，诺贝尔奖文学奖，直到现在中国没有一个获得者。这里边有个政治问题，诺贝尔文学奖政治性是非常强的，它歧视社会主义国家，原来也歧视苏联。反对苏联的作家（我不是说苏联多么好，现在苏联已解体了），它就给诺贝尔奖奖金。中国这么一个大国，诺贝尔奖快到 100 年了（1901 年起），没有一个中国的，印度、日本，也都有两个三个的，就是没有中国的。瑞典科学院院士管中国的叫马悦然，是高本汉的弟子，他管这个事。有人问马悦然（我不认识他，他的弟子我认识），为什么中国拿不到诺贝尔奖奖金，你不是汉学家吗？你说话是管用的呀！他讲，中国的创作，诗歌、小说、戏剧、散文，翻译不好。他这话没有道理！什么是翻译不好啊？那日本人的作品就翻译得好吗？所以这里边有政治问题，我讲不要羡慕它，诺贝尔奖奖金不都是什么好东西。那里边也有优秀作家，不过二三流的作家占大部分。它给我们一个诺贝尔奖奖金，我们中华人民共和国照样存在；不给，我们也照样存在，我们还会越存在越好。

这话说远了。我感觉我们人文社会科学在国际上没有声音，文艺理论、文艺批评没有我们的地位，美学也没有我们的地位。中国人真的那么蠢吗？现在世界上还没有哪一个人敢说中国人蠢。有人敢说的话，这个人就是最蠢的。为什么？我们不蠢，那是我们不勤奋吗？我不能说我们的学者都勤奋。这里我插一句。昨天蔡德贵教授让我讲一讲，人文社会科学，大学、社会科学院“水土流失”严重的问题。年轻人不愿意做，不愿干这一行，山大是这样，北大也一样。我是这么看：要建设一个国家，应该两手抓。我们讲两手抓，实际上有时候是一手抓。现在是重工轻理，重理轻文，工科是第一，理科是第二，文科是第三。这对学文科的人有影响。实际上，我看大家不必有多么大的心理负担。世界各国真正经济腾飞、文化发达的，都是两手抓，光抓科技不行。日本之所以发展那么快，是因为它抓文化，抓教育。

我到日本去看过庆应大学，这是私立的，日本大学排榜能排第二或第一，早稻田和庆应，就像美国的哈佛和耶鲁一样，英国的牛津、剑桥一样。东京大学排第三位。庆应大学的创办人叫福泽谕吉，一进校门有一座塑像，他抓文化教育，办了个庆应大学。不搞文化不抓教育而想经济腾飞，小的可以腾，大的腾不起来。不要因为眼前文科显得用处不大，不要这么想。当然我并不是要大家都学文科。你们记着范老（文澜）的几句话：板凳甘坐十年冷，文章不写一句空。文科（其他科也一样）要出成绩，必须有这个本领。没有坐十年冷板凳的决心，一事无成。

我并不反对有些年轻人下海、留洋，我叫它“海洋主义”。“海洋主义”我不反对。因为大学里边用不了那么多人，社会科学院里也用不了那么多人。有的青年下海还有好处，我不反对。留洋我只反对不回来。我对不回来的深恶痛绝，可我没有办法。到一个国家留学不回来，在国外做一个三等公民。现在大家排了排，在美国甚至要做到五等公民，不是三等，不够三等。第一等是美国白人，第二等是西欧移民，第三等是拉美移民，第四等是黑人，第五等才是我们华人。所以不是做三等公民，而是五等公民，你这样舒服吗？饭吃得下去吗？天天吃大餐，肯德基、麦当劳，天天吃那个玩意儿，你吃得舒服吗？我觉得真正想有成就，真正爱我们国家，就得在我们国内才有前途。到美国可以教个书，当个教授，甚至当个终身教授，没有什么了不起，真正有出息是在中国。再等 10 年、20 年，你再想一下当年季羡林讲过这么一句话，真正有出息是在中国。这不是狭隘爱国主义。所以，我想昨天蔡德贵面授机宜，让我讲一点看法，我就讲一点看法。

现在再回头来讲我们的 21 世纪人文社会科学。我觉得 21 世纪的人文社会科学，现在的基础要发展，但是必须有新的指导思想，就是我刚才说的“天人合一”，有了这个指导思想以后，不管是人文科学，社会科学，自然科学，工程技术，都一样，有这个指导思想和没有这个指导思想很不一样。要没有这个指导思想，21 世纪还跟在西方的屁股后头转，还是无声的中国，那就太惨了。

拿文艺批评来讲，拿语言学来讲，西方是过几个月就出现一个新学说。出来以后，过不久就销声匿迹，然后再出现一个新学说。可是这里边我们中国为什么就没有？我想这里边有好多问题，其中有一个，就是“贾桂思想”，老觉着自己不行。《法门寺》这出戏剧里不是有个贾桂吗？觉着自己不行，只有洋人能够脑袋瓜灵，能创新学说，我们中国人创不了。哪有那么回事啊？西方人的那些东西，什么流派，不管是文艺理论、语言学，还是其他的学问，我们应该注意，它对你讲什么东西，一定要注意，一定要研究，可是无论如何不要迷信，没有什么了不起。清代赵翼有一首诗：“李杜诗篇万口传，至今已觉不新鲜。江山代有才人出，各领风骚数百年。”“江山代有才人出，各领风骚数百年”，这句话实际上没有说对。各领风骚数百年，李杜已领了一千多年了，我们现在还要念李白、杜甫啊！这句话本身是不对的，这里我不管它，我套用了一句：现在世界上不少学说是“江山年有才人出，各领风骚数十天”。庄子讲“蟪蛄不知春秋”，好多学说刚一出就完了。也有比较长一点的，但现在也不行了。而我们偏偏迷信，好像只有他们才能创新学说，我们不能创。我对这种现象深恶痛绝。

我举一个具体的例子，最近我写了一篇“怪论”——《美学的根本转型》。美学，在座的有好多是研究美学的，我们山大的周来祥教授是美学专家。我也来谈一谈美学的根本转型。我看过一篇文章，叫《美学的转型》，讲美学这门学问是舶来品，是传进来的。传进来以后，有人就跟着西方学者屁股后头转，转到今天，转到死胡同里去了。讨论什么美是客观的，美是主观的，美是主客观相结合的，越讨论越糊涂，谁也说服不了谁。现在有的美学家就提出要转型，我也写了《美学的根本转型》。什么叫“根本转型”呢？根本转型就是把西方的那一套根本丢掉。我不是瞎说的，美学这个词儿是舶来品，美学这个词英文是 aesthetics，是从希腊文来的，是讲感官，与外界接触得到的美感。感官有眼、耳、鼻、舌、身等五官。我们现在看西方美学，什么黑格尔、Croce，他们在五官里边只讲两官：一官指眼睛，看雕塑，看绘画，讲美学是用眼睛看的。另一官指耳朵，听的是音乐。五官只讲两官，光讲眼睛和耳朵，光讲美术和音乐，是不是这个情况？当年我在大学念书的时候，听过朱光潜先生讲的美学，“文艺心理学”，当时对我影响很大，后来没有怎么接触。

最近我忽然想到，西方美学之所以走到绝路，因为它不全。中国怎么办呢？美学是研究美的学问，中国人的美，跟西方人不一样。有的当然一样，如这个姑娘很漂亮，中国人眼中看着漂亮，西方人眼中看着也漂亮，有共同的地方。但也有很大的区别，是“美”这个字，美这个字，一查《说文》在羊部，“羊大为美”。羊长大了，肉很好吃。是讲舌头的。我们不是说美味佳肴吗？美跟味联在一起，是讲舌头的。西方美学不讲舌头，是讲别的。中国人讲美学，要讲中国人的美。中国的美首先不是从眼睛出发，不从耳朵出发，而是从舌头出发。善，善良的善，也是羊部；仁、义、礼、智、信的义，也是羊部，都是羊。我们中国人喜欢吃，这个事情也很简单。我的想法是中国在游牧社会，羊大了，吃羊肉，就觉得美得不得了。从这开始，从味觉开始，然后是美人啊，就到了眼睛了。很美的音乐，就到了耳朵了。是不是这么个道理？

中国美和西方美不一样。美学的根本转型，就要把西方的那一套都丢掉，根据我们中国人的美，我们认为什么是美，我们认为是五官，不光是眼睛和耳朵，一官或两官。是不是这样子？这篇文章大概年内可以发表，社科院的《文学评论》要发表。它为什么要压一压呢？他们说你这篇怪论，很有意思，到了快年终的时候，发你一篇文章，引起争论，可以增加订数，这是开玩笑。我说没有关系，这篇怪论你什么时候发都行。反正副标题就叫《一篇怪论》。我举这么个例子，就说明我们到21世纪，要搞人文科学，必须搞出我们中国的特色。文艺理论也一样。文艺理论的一篇已经发表了，在《文学评论》今年春天发表的，第2期听说就有反对我的意见的文章。我还是那个老办法，你打你的，我打我的，我也不跟你商榷，也不讨论。

你赞成，我同意；你不赞成，我也同意。这就是要考虑我们中国特点。要考虑中、西不一样。美这个英文词是 beautiful，讲人，beautiful 可以。讲这个菜，说 beautiful 不行，面包是美味，说 beautiful bread，没有这个说法。从语言学来讲，也不一样。我们讲美味佳肴，香港美食城，山东不知道有没有美食城。我们的美是从舌头出发的，讲美学的话，应该讲眼、耳、鼻、舌、身，不能光讲眼睛和耳朵。

美，有以心理为主要因素的，有以生理因素为主的。以心理为主要因素者为眼、耳，以生理为主要因素者为鼻、舌、身，部位不同，但是同为五官，同为感觉器官则一也。其感觉之美，虽性质微有不同，其为美则一也。在中国当代汉语中，“美”字的涵盖面非常广阔。眼、耳、鼻、舌、身五官，几乎都可以使用“美”字。比如眼：这幅画美，人美，自然风光美；耳：乐声美；鼻：香味美；舌：味道美。只有身稍微困难一点，但是从人们口中常说“美滋滋的”，也可以表示“舒服”，这样使用到“身”身上，也就没有困难了。这样含义涵盖广，难道同“美”的词源有关吗？五官所感受的美好的东西，既然可以同称“美”，其间必有相通之处。只要抓住这相通之处，加以探讨，必然有成。在西方则不然。以英文为例，含义是“美”的字眼，比如 beautiful，pretty，handsome 等等，涵盖面都有限，恐怕只限于眼。耳可用 sweet 等。鼻也可用 sweet，fragrant，aromatic。舌用 delicious 等。身用 comfortable 等。这些例子不全，也用不着全，只不过想略表中西之不同而已。

中国现在的美学研究既然走到死胡同，那就要改弦更张，另起炉灶，建构起一个全新的美学框架，扬弃西方美学中没有用的误导的那一套东西，保留其有用的东西。但是西方美学只限于眼、耳，是不全面的，中国美学“美”字的语源意义，只限于舌，也是不全面的，都必须加以纠正补充。要把眼、耳、鼻、舌、身所感受到的美都纳入美学框架，把心理和生理所感受的美冶于一炉，建构成一个新体系。这是大破大立，是根本转型，而不是修修补补。21 世纪要发展人文社会科学，必须有新东西，要根据我们中国自己的实际情况。

语言学也是这样。我不知道在座的有没有搞语言学的。中国语言学在世界上是最古老的，许慎《说文》《尔雅》，都很古老。可到现在呢，在国际上没有中国的理论，只有外国的。原因是汉语的研究方法，应该彻底改变。现在研究汉语的方法，实际上是从《马氏文通》来的，是用研究英文、法文、拉丁文等有曲折变化的语言的方法来研究没有曲折变化的汉语。那能行吗？英文等的语序可以不那么固定，如我打你，你打我，“你”“我”都有专词表述，语序不那么固定，也可以的。但在中文里不得了，是很大的不同。梵文的语序可以随便。中文就复杂，不能那么随便。如人，你说是名词，那韩愈的“人其人”，第一个“人”是动词。如火，也是韩愈的“火其书”，第一个“火”是动词，这种现象在印欧语系是没有的。所以拿英文的方法研究汉文是不行的，也要改弦更张，要根据汉语的具体情况来研究，不能用外国那一套。

建立一种理论也是这样。怎么能够使我们在国外没有声音，是我们自己没有发。我觉得我们中国人的聪明才智，不差于任何国家，不低于任何国家。首先要去掉“贾桂思想”，觉得我们很不行，这是很不对的。

研究文学批评也是这样。现在有好多学派。研究文学批评有一些理论，当年主要是从苏联来的，毕达柯夫，在座中文系的老先生都知道，他的教科书，他的文艺理论也是西方的。我们过去也有文艺理论，《文心雕龙》、几个《诗品》，那就是文艺理论，很高的文艺理论。我们研究文艺理论要用中国的做法，我在《门外中外文论絮语》一文中讲过，中国的文论家从整体出发，把他们从一篇文学作品中悟出来的道理或者印象，用形象化的语言，来给它一个评价，比如“清新庾开府，俊逸鲍参军”，对李白则称之曰“飘逸豪放”，对杜甫则称之为“沉郁顿挫”，这是与西方文论学家把一篇文学作品加以分析，解剖，给每一个被分析的部分一个专门名词，支离繁琐，很不一样。中国诗，没法翻译成英文，翻译成英文谁也不懂，如“池塘生青草”，翻成英文是池塘旁边长出了青草来，这算是什么诗啊。又比如“明月照高楼”，这也是名句，翻译成英文，完了，成了月亮照着高楼。中、外不一样。中国文艺理论的书不多，《文心雕龙》，钟嵘、司空图各有一部《诗品》，这些都值得读一读。中国有诗话。诗话这东西很奇怪，我注意到，诗话世界上只有两个国家有，中国和韩国，日本没有诗话。

中国人吃东西，我写过两篇东西，是给《新民晚报》“夜光杯”用的，一篇是论中餐、西餐，另一篇题目挺吓人:《从哲学的高度来看中餐和西餐》，大家可以看看，并不吓人。我讲的是实话，中餐和西餐没有什么差别，很简单，中餐就是肉、菜炒在一起；肉与菜分离，就是西餐，就这么简单。实际情况当然不那么简单。法国西餐就好，做得比德国的好。看问题要抓住要害。不要迷信外国，外国要研究，不要迷信。一定要有我们的雄心壮志，不是只有蓝眼睛、高鼻子的人才能提出理论。山东大学在中国的大学里边，在山东当然是最高学府，在中国的综合大学里也是排在前边的。我自己作为一个山东人，作为山大的一个老校友，我是双重校友，既当过学生，又当过教员，我在济南“省立高中”教过书，高中是山大附中改建的。希望我们山大能够一天比一天好，为山东争光，为中国争光。

为了能适应21世纪人文社会科学发展的需要，我劝文科的同学多学习点理科的内容，至少选修一门理科的课程。原来，我1930年上清华大学时，有一个规定，文科学生必须学一门理科的课。当年蔡元培先生在北大也有这个规定，文科学生必须学一门理科的课程。可惜，清华用了一个通融办法，逻辑可以代替，结果三个逻辑教师讲，三个教室还都是满的。原因是什么呢？我是文科高中毕业的，生物、物理、化学是理科，我都不懂，你让我怎么学理科？其他人也有和我一样的，所以，三个逻辑课教室都满堂。我看这是变了样的，不对的。蔡元培先生也提出这个意见来，北大用另外一种方式来改变了一下，即用“科学方法”。大家都不熟悉。我 1930 年同时考北大、清华，北大出国文题就是“何谓科学方法？试分析评论之”。这是国文题，也不大对头。到今天，过了有六十多年了，现在的青年同学、青年学者，你们一定要通一门理科。我这么讲的原因，就是从学术发展来看，学术交融越来越明显。在最初，欧洲只有物理，只有化学、生物，分得清清楚楚，现在呢？物理化学、生物化学，已经交叉了。现在我看 21 世纪，文、理都很难分。所以文科必须用理科的知识，理科必须用文科的知识。这一点从学术发展的情况来看，绝对没有问题。21 世纪，文、理科到底会融合到什么程度？这个我不敢说。这是我对青年学生要求的第一点。

第二点，就是学文科、理科，不管是什么科的同学，你必须掌握好一门外语。听说写读译，五会，一会不行，二会不行，三会、四会也不行，必须五会，有了一门外语，研究学问，出国参加学术会议，都有好处。同时对你们研究学问有好处，不能满足于现状，那是不行的，必须与外语结合。具体地讲，就是英语。英语现在实际上是世界语，会了英语，走遍世界不困难。根据我的经验，就是走到苏联时碰到过一点困难。一过苏联边界，一到波兰，英文什么都解决了。苏联当时只讲俄文，我在那里还闹过一个笑话。因为我学过俄文，拿辞典勉强可以看书。但有一个词“香肠”我忽然忘了怎么说，在旅馆吃早点，想吃香肠，怎么比画，服务员都不懂，最后就没吃到香肠。学会英语走到哪儿都不会碰到困难。苏联只是一个特例。

第三，要不断扩大知识面，吸收新知识。现在我有点倚老卖老了，但是我还是报纸、杂志，都翻一翻。有的年龄和我相当的一些老先生，报纸也不看，杂志也不翻，那就有点玄乎。

最后一点，最好要能掌握电脑。电脑，我不会的，有人要教我，说5分钟包会，我说5分钟我也不干，我是老顽固。因为学电脑有个过程，因为我们写文章，舞文弄墨几十年，写的过程就是构思的过程，一改变工具，我这构思就没法构思，灵感就没有了。所以我没有办法，我说我现在就原样对付几年吧。你们年轻人一定要掌握电脑，新的通讯知识，一定要掌握。年轻人到21世纪要是缺乏刚才我说的这些基础，我觉得有点困难。现在我们就整个中国学术界来讲，人文社会科学我们现在还是有人，不能说没有人。不过有的学科有点后继无人，像北大这个学校，到明年100年了，当然要算的话，可以算2000年，从周朝开始，但是我们不那么算，从1898年算起。现在就是这样子，北大的台柱是哪个系？我没有研究过，办学不能平均撒胡椒面，要办出特点来，你不可能每个系都是全国第一，你要选那么几个重点出来。北大大家一致的意见是，全校重点应是文科的中文、历史、哲学。我们过去一个副校长王路宾，山东人，做过济南市委书记，公安厅厅长，他是搞理科的（我与他同时当副校长），但是我的文章他看。我问过他，路宾同志，你考虑要北大办出特点来，哪个系？他说：文、史、哲。就是蔡德贵他们这个杂志《文史哲》，这个道理是很正确。可最近，我们文、史、哲“水土流失”厉害，年轻人留不下，留下的呢，他没法养家，这都是实际问题。不过尽管这样，实际上一个系里边，真正有学问、有造诣、有声望的教授用不了多少，多了也用不着。年轻人，老、中、青这个班子，一个系里有十个八个二十个，就够了。这同国外的大学情况一样，你这个大学有没有名，你这个系有没有名，决定于教授。过去，我进的那个哥廷根大学，从 19 世纪末到 20 世纪 20 年代，是世界数学中心。不是德国的，是世界的。因为当时有两个大师，一个叫希尔伯特，一个是克莱因，还有高斯，我去的时候高斯早已不在了，希尔伯特还活着。这几个人一不在，大学里的数学水平立刻就下降。如果有接班人可以，没有接班人立刻就下降。所以，我有个怪论，就是办学究竟应该怎么办？

北京大学现在举行百年校庆展览，来征求我的意见，我说我有个怪论，大学的组成部分有四部分：第一部分是教师；第二部分是学生，这个为主；第三部分是图书馆、实验室；第四部分，行政管理。行政管理怎么排在第四部分？这是因为第

三、第四部分是为第一、第二部分服务的。没有第一、第二部分，第三、第四部分没有存在的必要。他们觉得这也有道理。没有学生，没有教员，图书馆干吗？实验室干吗？行政班子干吗？大学里学生是非常重要的，你招的学生的素质不一样，培养出来的学生，人与人之间就很不一样。要是你考进来的时候素质高，再加上教授的水平高，实验设备好，图书馆好，行政管理好，必然出人才，为我们国家建设，为我们学术发展，必然出人才。现在大家不愿意在学校，我感觉是暂时的。现在我们国家财政上有困难，我们应该体谅国家。工资我们跟外国人没法谈。就是香港大学的工资也没法比，我自己是知识分子，在知识分子堆里混了七八十年，我写过一篇文章《一个老知识分子的心声》，里边也有刺，也有牢骚，可是也有正面的。中国知识分子的最大特点是最爱国家，我说句不好听的话，我们老知识分子的爱国，恐怕比你们中年还要厉害。这话怎么讲呢？是唯物的。我们在新中国成立前过过半封建半殖民地的生活，你们没过过。中国人在海外的，华侨最爱国，因为什么呢？因为他在国外，离我们中国，祖国，很远，但实际上给他以很大影响。1951 年，我到印度去访问，到了一个叫海德拉巴地方的一个中国餐馆，主人一定要请我们吃饭。我们那个团很大，是新中国成立后第一个大型代表团，有很多名人，这么多人一定要请吃饭，我们问他为什么？他说，中华人民共和国一成立，我们在印度人眼中的地位立刻升高。你说他能不爱国吗？很简单，这是唯物的。年老的吃过那个苦头，你们年轻一点的不知道。

我刚才讲的，涉及业务的几个条件，都是我自己根据经验谈出的一点意见，仅供参考。谢谢大家。

1997 年 10 月

提高高校学生人文素质的必要和可能[①]

一、对题目的解释

为什么不用“文化素质”，而用“人文素质”？前者比后者范围广，包括物质和精神两种文化。“人文”只限于精神文化。不是物质文化不重要，我是有意纠偏，纠重工科轻理科、重理科轻文科之偏。这种偏见不利于我国学术的发展和社会主义建设。

二、必要性

我国高校学生的素质，总起来看，应该说还是好的。我们

① 本文原载《中国青年政治学院学报》。

的高校办得也还是好的。但是，同我们的远大目标：建设中国特色社会主义社会，还有相当大的距离。建设这样的社会，不能没有人才；要有人才，不能没有教育。我们要的人才是高素质的、全面发展的人才。人的素质十分重要：我们要的是有政治理想、有道德水平、有文化水平、业务好、身体壮、心理素质好的人才，成为能在21世纪发挥作用的人才。

我现在专就人文素质方面谈一点意见。

最近看到报纸上的报道，又根据我自己对大学生，特别是北京大学学生的观察，再加上前些时候听了王彦同志的介绍，我感到提高高校学生的人文素质的工作简直是迫在眉睫。社会上一股强烈的只重视科技的风气，对学生产生了极大、极为不利的影响。虽然我们经常谈，要精神文明和物质文明两手抓，实际上都只抓物质方面，而忽视精神方面。只抓物质，只抓科技，而能兴国者，未之有也。所以，我说，抓精神文明建设，抓学生的人文素质，迫在眉睫。

三、一个理论问题

人文社会科学同生产力的关系如何？

我对马克思主义略有通解，对经济学所知不多。我仅仅提出这样一个问题，以求教于通人专家。科技是第一生产力，绝无疑问。但人文社会科学对生产力的发展难道就不起作用？前一些时候，曲阜师范大学的《齐鲁学刊》上有一篇文章讲，人文社会科学也是生产力，似乎没有引起人们的注意。而后《光明日报》连续报道张家港抓精神文明的经验，引起了广泛的注意。1995 年 10 月 22 日，该报第一版有一篇文章：《精神文明也出生产力》，用了一个“出”字，绝妙！ 10 月 27 日，张家港市委书记发表文章:《精神文明建设也能出效益》。用了同一个“出”字，只有宾语改为“效益”，没有用“生产力”。

我认为，这是一个极端重要的理论问题和现实问题，理论界必须予以解答。

四、可能性

常听部队的同志们讲：解放军某一个部队，或团或连，只要有过辉煌的成绩，它就成为这个部门的传家宝。青年士兵一进入这个部门，就充满了自豪感，作战勇敢，战无不胜，攻无不克。我们的大学生何独不然。

给大学生进行提高人文素质教育，是一个十分复杂的系统工程，绝非一个方面、一种方法所能胜任，必须各方面通力协作，利用一切能利用的方法来进行，才能奏效。利用我们中华民族的历史，历史上优秀的传统，是其中最重要的方法。解放军的例子可以为证。

因此，我们要做提高高校学生的人文素质这个艰巨的工作，可能性是极大极大的。

五、中华文化的精髓何在？

这是一个极大的、极重要的问题，看法可能有很大的分歧。我自己的看法有两点：一个是爱国主义，一个是讲骨气、讲气节。这两点别的国家不能说没有，但是中国最为突出，历史也最长。二者有区别，又有联系。

六、爱国主义

存在决定意识，中国的爱国主义是中国几千年的历史环境所决定的。没有国家，当然谈不到爱国。有了国家，如果没有外敌，也难以出什么爱国主义。我们千万不要一见爱国主义，就认为是好东西。我认为爱国主义有真假之别，有正义与邪恶之别。被侵略、被压迫、被屠杀的国家和人民爱国主义是真的，是正义的爱国主义。侵略者、压迫者、屠杀者的“爱国主义”是假的，是邪恶的“爱国主义”。只要想一想德国法西斯、日本军国主义者的“爱国主义”就一清二楚了。

七、骨气、气节

在中国文化传统中，伦理道德占的成分最大。而讲是非，辨善恶，更是核心之一。孟子说："富贵不能淫，贫贱不能移，威武不能屈，此之大丈夫。"说得最为具体生动。对"非"的东西，对"恶"的东西，一定不能迁就和妥协，虽牺牲性命，也在所不辞，这就叫作气节或者骨气，这在别的国家是几乎不见的，至少是极为罕见的。

综上所述，我们中华民族优秀文化传统中有爱国主义和气节，是我们极其珍贵的全民财富。我们今天对高校学生进行人文素质教育，这二者就是我们的本钱。我们必须善于利用。

八、几点建议

1. 在所有的学科中，文、理、法、农、工、医，都普遍开大一国文课。分量不必太多，不及格，不能毕业。

2. 在所有的学科中设哲学课。以马克思主义哲学为纲领，讲一点中国哲学、印度哲学和自古希腊罗马开始的西方哲学。目的在于训练学生的思维能力和分析能力。

3. 文理科学生互选对方的一门课。可考虑为文科学生编一部《自然科学概论》。世界学术发展的趋势是:文理接近或融合。

21 世纪，这种趋势将日见明显。

4. 进行美学教育，包括书法、绘画、音乐、戏剧、曲艺等等。不是专门设课，以课外活动形式，由学生自由组合，学校、团委或学生会加以协助与指导。不管什么科的学生，对美学都是有兴趣的，过去许多高校的经验可以为证。

1998 年

我对未来教育的几点希望

教育为立国之本，这是中国两千多年来的历代王朝都执行的根本大法。在封建社会，帝王的所作所为，无一不是为了巩固统治，教育亦然。然而，动机与效果往往不能完全统一。不管他们的动机如何，效果却是为我们国家培养了一批批人才，使我国优秀文化传承几千年而未中断。

今天，时移世迁，已经换了人间。教育为立国之本的思想，深入人心。我们政府提出了科教兴国的方针，受到了全国人民的热烈拥护。把教育的重要性提高到兴国的高度，可以说前承千年传统，后开万世太平。特别是在今天知识经济正在勃然兴起的大时代中，教育更有其独特的意义。知识经济以智力开发、知识创新为第一要素，不大力振兴教育，焉能达到这个宏伟的目标？但是，我要讲一句实话，我们的振兴教育，谈论多于行动。别的例子先不举，只举一个教育经费在国民总收入中所占的百分比之低，就很清楚了。我们教育所占的百分比，不但低于发达国家，在发展中国家中也是比较低的。这让很多人难以理解。我们国家正在努力建设，用钱的地方很多，这一点谁都理解，没有人想苛求；但是，既然把教育的重要性提高到那样的高度，教育经费却又不提高，报纸上再三辩解，实难令人信服。现在，据我了解所及，全国各类学校经费来源十分庞杂，贫富不均的程度颇为严重。大学的党委书记和校长，主要任务是“找钱”，连系主任的主要任务也是“创收”。如果创收不力或不利，奖金发不出去，全系教员就很难团结好。学校的根本任务是教学和科研，是出人才，出成果。现在却舍本而逐末，这样办教育，欲求兴国，盖亦难矣。因此，我对未来教育的第一个希望就是切切实实地增加教育经费。

我的第二个希望是重视大、中、小学生的人文素质教育和伦理道德教育。现在我们中华民族的一般道德水平，实不能尽如人意。年轻的学生在这个大气候下，思想水平也不够高。他们对世界，对人生的看法，在像我这样的思想保守的老顽固眼中，有时实在难以理解。现在，全世界正处在一个巨大转变中，每个人都会受到影响的，特别是青年人，他们敏感易变，受的影响更大。日本据说有一个新名词“新人类”，可见青老代沟之深。中国也差不多。我在中外大学里待了一辈子；可是对眼前中国大学生的思想、情感等等，却越来越感到陌生。他们的一些想法和做法，有时候让我目瞪口呆。在我眼中，有些青年人也仿佛成了“新人类”了。

救之之法，除了教育以外，实在也难想出别的花招。根据我的了解，现在大学里的思想教育课，很难说是成功的。一上政治课，师生两苦，教员讲起来乏味，学生听起来无味。长此以往，不知伊于胡底！

我个人认为，抓学生思想教育，应该从小学抓起。回想我当年上小学时，有两门课很感兴趣，一门叫作公民或者修身，一门叫作乡土。后一门专讲本地的山川、人物、风土、人情。近在眼前，学生听起来有趣又愿听。讲爱国从爱乡开始，是一个好办法。

至于公民这一门课，则讲的都是极简单的处世做人的道理，比如热爱祖国，孝顺父母，尊敬老师，和睦同学；讲真话，不说谎话；干好事，不做坏事；讲公德，不能自私；帮助别人，不坑害别人；要谦虚，不能骄傲，等等，等等，都是些平常的伦理规范。听说现在教小学生也先讲唯心与唯物，存在与意识，物质与精神，小学生莫名其妙，只能硬背。这能收到什么效果呢？显而易见，什么好效果也是收不到的。到了中学和大学，依然是这一套，结果就是我在上面说到的师生两难。现在全国都在谈要重视学生的素质教育，足见这个问题已经引起了广泛的注意。这无疑是一个好现象。但是，我总觉得，空谈无补于实际，当务之急是采取适当的行动，才能走出目前的困境。

我对未来教育的希望，当然不止这两点。但限于目前的时间，我只能先提出这两点来，供有关人士，特别是政府主管教育的部门参考，一得之愚，也许还有可取之处吧。

1999 年 2 月 21 日

大学外国语教学法刍议

我们学习外国语，不是在大学里才开始的。从中学起，有的人甚至从小学起已经学起外国语来了。但是小学生和中学生智力发达尚未成熟，所以他们应该有他们独特的学法，我们在这里不谈。我们要讨论的只是大学里外国语的教学法。

我这里说的外国语是指的平常所谓第二第三外国语，就是在大学里才开始学的。在中国读过大学的人大概都有学习第二外国语甚至第三外国语的经验。有的学一年，有的学二年三年甚至四年。学习的期间虽有短长，但倘若问一个学过的人，他学的成绩怎样，恐怕很少有不摇头的。

我也在大学里学过两种外国语。教务处注册股的先生们或者认为我已经学成了。因为在他们的本子里我的分数都是非常好的。而且还因了其中一种的分数特别好而得到出国的机会。但是我却真惭愧。送我出国的这一种外国语还是我到了它的本国以后才学好的。另外一种也是在那个国度里学到能看书的程度。同我同时学的朋友们情况也同我差不多。当然，这里也正像别处一样天才是缺不了的。他们念上十页八页的文法，一百个上下的单字，再学会了查字典。以后写起文章来，就知道怎样把英文的 As if 翻成德文的 Als ob，括弧里面全是洋字，希腊、拉丁、德文、法文全有。这样就很可以吓倒一个人。至于他们能不能看书呢，那就只有天知道了。

虽然有这样的天才撑场面，但人们还是要问，为什么中国大学生学外国语的成绩这样不高明？难道他们的资质真不行吗？我想无论谁只要同外国大学生在一块念过书都会承认，我们中国学生的天资并不比外国学生差。原因并不在这里。

但原因究竟在哪里呢？这问题我觉得也并不难回答，我们只要一回想我们自己学习外国语的经过和当时教员所用的方法就够了。普通大概都是这样：教员选定一本为初学者写的文法，念过字母以后，就照着书本一课一课地教下去，学生也就一课一课地学。速度快的，一年以内可以把普通文法教完；慢的第二学年开始还在教初级文法。有的性急的教员等不到把文法学完就又选定一本浅明的读本一课一课地讲下去。学生在下面用不着怎样预备，只把上一次讲过的稍稍看一看，上堂时教员若问到能够抵挡一阵，不管怎样糊涂，也就行了。反正新课有教员逐字逐句讲解，学生只需在半醒半睡中用耳朵捉住几句话或几个字就很够很够了，字典是不用自己查的。于是考试及格，无论必修或选修都得了很好的分数，堂皇地写在教务处注册股的大本子里。教员学生，皆大欢喜。

就这样，学上两年甚至三年外国语，除了极少数的例外以外，普通学生大概都不能看书。最初也许还能说那么十句八句的话，但过上些时候，连这些话也忘净了，于是自己也就同这外国语言绝了交。

这真是一个莫大的损失。大好光阴白白消耗掉，这已经很可惜了。但更重要的却是放掉一个学习现代学者治学最重要的工具的机会。现代无论哪一国哪一门的学者最少也要懂几种外国语，何况在我们这学术落后处处仰给别人的中国？而且这机会还是一放过手就不容易再得到，因为等到大学毕业自己做了事或开始独立研究学问的时候，就很难再有兴致和时间来念作为工具用的外国语了。

这简直有点近于一个悲剧。这悲剧的主要原因，据我看，就在教学法的不健全。自从学字母起，学生就完全依赖教员。教员教一句，学生念一句。一直到后来学到浅近的读本，还是教员逐字逐句地讲。学生从来不需要自动地去查字典，学生仍然不能知道直接去念外国书的困难，仿佛一个小孩子，从生下起就吃大人在嘴里嚼烂的饭，一直吃得长大起来，还不能自己嚼饭吃，以后虽然自己想嚼也觉得困难而无从嚼起了。

我们既然知道了原因所在，就不难想出一个挽救的方法，这方法据我看就在竭力减少学生的依赖性。教员应该让学生尽早利用字典去念原文，他们应该拼命查字典，翻文法，努力设法把原文的意思弄明白。实在自己真弄不明白了，或者有的字在字典上查不到，或者有的句子构造不清楚，然后才用得着教员。在这时候，学生已经自己碰过钉子，知道困难的所在，而且满心在期望着得到一个解答，如大旱之望甘霖，教员一讲解，学生蓦地豁然贯通，虽然想让学生记不住也不可能了。这样练习久了，我不信他们会学不好外国语。这方法并不是什么新发明，在外国，最少是在我去过的那个国度里，是最平常的。我现在举一个学俄文的例子。第一点钟教员上去，用了半点钟的时间讲明白俄文在世界语言里尤其是印欧语系里的地位，接着就念字母。第二点钟仍然念字母。第三点钟讲了讲名词的性别和极基本浅近的文法知识，就分给学生每人一本果戈理的短篇讽刺小说《鼻子》，指定了一部字典。让每个人念十行。我脑筋里立刻糊涂起来，下了堂用了一早晨的力量才查了六行，有的字只查到前面的一半，有的字根本查不到，意思当然更不易明白。心里仿佛有火在燃烧着，我恨不能立刻就得到一个解答。好容易盼到第二堂上课。教员先让学生讲解，但没有一个人能够讲一个整句。结果还是他讲，大家都恍然大悟，不自觉地轻松地笑起来。他接着又讲了半点钟的文法，才下了课。就这样，在一个学期内念完了初级文法和果戈理的《鼻子》。

这教法或者有点霸道，我承认。学生在课外非有充分的时间来预备不可。但是成绩却的确比我们大学里流行的教法好。

除非学生低能，在两年内一定可以看普通的书。与其让学生不痛不痒地学上两年结果是等于白学，何如让学生多费点力量而真得其实惠呢？

19 世纪德国大语言学家 Ewald 就用这方法教学生，而且应用得还特别认真。跟他念过书的学生一谈起来没有一个不头痛的。后来他自己也听到了，就对人说："学外国语就像学游泳。只是站在游泳池旁讲理论，一辈子也学不会游泳。我的方法是只要有学生到我这里来，我立刻把他推下水去。只要他淹不死，游泳就学会了。"我希望中国的教员先生们有推学生下水的勇气，青年同学们有让教员推下水去的决心。

1946 年 10 月 31 日北平

论现行的留学政策

前几天，胡适之先生在报纸上发表了他的教育十年计划，目的想在十年以内替我们中国的学术开辟一条独立的路。据报纸上说，胡先生自己也承认这是一炮。这一炮果然没有虚放。自从这谈话发表了以后，南北各地，许多刊物和报纸都有文章来讨论这问题。有的赞成，有的反对。眼看就要引起一个大规模的论战。昨天一个小报上说，胡先生已经挂了免战牌。我不知道这是否是真的。我今天也来讨论这问题，并不是想制造“事件”，再启战端。我只是因为自己有许多话要说，以前虽然也说过几句，但总没有说痛快，现在就利用这机会再来乱说几句。

胡先生谈话的前半是关于留学政策的。他反对政府每年花大量的美金送学生到外国，尤其是到美国，去镀金。这意见我完全赞成。自从去年十一月间汪敬熙先生首先发难攻击自费留学以后，有许多人都来写文章讨论这问题。我自己也在天津《大公报》上写过一篇短文，响应汪先生。我当时只谈到自费生。我的意思并不是说自费留学生全要不得，官费生全好。自费生也尽有很好很有成绩的，而官费生里面也有不少的纨绔子弟，一点书也不念。不过因为汪先生只谈到自费留学，而官费生究竟还有点限制，所以我就大作其偏锋文章，仿佛我同自费生有什么宿怨，大有同他们不共戴天的意思了。

我现在要谈的是整个的留学政策。不管官费与自费，现行的留学政策都有毛病。假若我们现在还不起来纠正，这样下去，再送一百年留学生，中国学术也不会独立，永远只是跟着别人跑，而且永远隔着一个很长很长的距离。

现行的留学政策的毛病究竟在什么地方？这真如一部十七史，不知从何处说起。我们先说留学的动机。我想有很多人到外国去，并不是想去念书。他们只是想去混一个资格，回来好做事，就是所谓“镀金”。这实在也难怪，因为中国社会把留学生看得太重了，仿佛一个人只要有机会到外国去吃上几天面包牛油，立刻就可以脱皮换骨，变成另外一个人了。当前的政府要人、大学教授，有几个没有镀过金的呢？难怪一般人，尤其是青年们，想尽种种方法要到外国去了。

因了这样的动机而到外国去的，我们就很可以想象到他们到外国会不会念书。他们一下火车或船，第一件要紧的事情就是打听，哪一个学校最容易，哪一个教授最好通融。教授选定了，第一次见面，谈不到三句话，就张嘴要论文题目。论文题目一拿到手，当然毫不迟疑立刻就向这题目进攻。在英美情形或者好一点，因为英文他们在中国都学过，也许（我只说是也许）没有语言文字上的困难。在德国法国就有了问题。在国内学过德文法文的很少，一到了那里，话听不懂，书看不懂，甚至到馆子里去吃饭，到街上去买东西都有困难。但对论文进攻的勇气一点也不减少，自己在下面做的时候，还可以找别人帮忙。倘若教授要请他去讨论，立刻就来了困难。教授说话，他听不懂。他说话，教授听不懂。在这种情形之下，就可以看出我们的文化究竟高于西洋。有很多的先儒都提倡“不动心”。虽大难当前，此心皆可不动。现在说几句鬼子话听不懂又有什么不得了呢？他仍然能沉住气，脸上的汗毛都不许竖一竖。但洋人教授却受不了了，头上的汗立刻流下来，青筋也一条条地暴露出来，呼吸紧促，心也跳动得厉害了。一位德国教授告诉我，他同一个中国学生谈一次话，他仿佛经一次冲锋，说起来还有余惊。

让外国教授冲过几次锋以后，论文终于进行起来。这时候需要教授帮忙的地方更多了。于是有许多中国学生就施展出另一套中国人特有的本领：送礼，不客气地说，就是贿赂。当然他们还不敢像在中国一样公然送钱给教授，因为外国教授还没进化到能懂得贪污。今天请教授看戏，明天请教授吃饭，教授太太生日的时候，绝不会忘记用高得荒谬的价钱买花送了去。他们觉得这样也就可以勉强安心了。有些勇气大的，买了照相机之类的贵重东西送了去。教授看了，大惊失色。他们不知道中国学生的用意何在。在惶惑之余，让中国学生再把照相机带走，自己留在家里纳闷。心里说不定又想到那个“中国之谜”。

好容易费尽九牛二虎的力量把论文做完，或请求教授认为是做完，他们就开始预备口试。同时心里已经开始做回国的计划了。好歹口试再及了格，有些人连等候领毕业证书的耐性都没有，立刻就捆起行李来回家。博士头衔终于拿到了。他们又可以利用这头衔再往高处爬，对他们说，这总算是功行圆满了。

请读者不要误会，认为所有的留学生全像我上面说的那样子。我上面只是说了留学生的一种，不过可以说是最普遍的一种。在这一种以外，也有不少的学生真正埋头读书，让外国教授都佩服的。但也有许多学生根本一句书也不念，终日游手好闲，坐咖啡馆，找女朋友，甚至贩卖黑货，上法庭，坐牢狱，专门替中国丢脸。在数量上说，这一类的学生非常多。国内达官贵人的孩子几乎全属于这一类。倘若列一个等级的话，这一类恐怕是最下乘。回头再看这一些专门到外国去考试的学生，就觉得他们也未可厚非了。

但是，无论如何，就连这些“未可厚非”的学生对中国的学术也不会有什么裨益。我们派留学生的目的是要到外国去学在国内学不到的东西。但他们却带了一肚皮在国内大学里学到的一知半解的学问，到外国去给自己镀金。他们就用了这点学问，七拼八凑，在外国教授全力帮助下，勉强写出一篇论文，立刻就回来了。我不信，他们能学到什么新学问。

据我自己的观察，中国学生的天资最少也可以同外国学生比肩。只要肯用功，他们是不比人家差的。但可惜的是，不肯用功的学生固然不必说了，连肯用功的学生也只肯用到学业结束为止。仿佛证书一拿到手，学问就已经登峰造极，用不着再求进益了。平常我们都认为是形式上的一个学业结束，对很多的中国学生就真成了结束。但对外国想终身从事学术研究的学生这不过只是一个开始，在没考试前有许多限制，自己不能任意随了自己的兴趣研究。现在这限制没有了。自己可以任意研究一个题目，读一本书。再没有什么东西来束缚限制自己的天才和自己的兴趣了。所以我们观察一个外国学者的经历，虽然有不少的人已经在学生时代露了头角，完成很有价值的学术工作；但大多数的人都是在毕业以后才真正渐渐走上研究的路，终于成了大学者。这条路有时候是很艰苦而悠长的，说不定同时要忍受精神和物质两方面的压迫。但世界上没有不劳而获的事情。学者们走这样一条路也没有什么值得惊怪的。

在现行的留学政策下送到外国去的学生顶多也不过走到这条路的开端，向悠悠的前路看一眼，也许根本连看一眼都不知道，就镀满了一身金回来了。回来了以后，觉得已经功成名就，不愿意去做官的十有八九可以做到教授。同他们同学的外国学生这时候才走上那条悠悠的长路，路上有许多困难要克服，要有无比的勤勉，惊人的耐力，才能一步步走上去。说不定十年八年，甚至还需要更长的时间，才能得到一个教授的头衔。倘若这两位同学再有机会会面，我们中国的这一位教授就会发现，以前说不定功课还不如他的这位外国同学，现在真正可以称得起一位学者了；而自己却连以前学的那一点都有点模糊了。这是他个人的悲剧，也是我们中国学术的悲剧。

倘若我们看着这悲剧演下去，中国学术永远不能独立。但现行的留学政策就正是支持这悲剧的。有的人会说：我们也可以派留学生出去，让他们在外国一直住到把那条长路走完，最少也可以在外国大学里做到教授，然后才让他们回来。但试问，这能行得通吗？先不必说政府没有这许多钱，送大批留学生在外国住那样长的时间。即便政府能有这样许多钱的话，有几个人肯在外国住这样久呢？

所以，无论从哪方面说，中国现行的留学政策都非要改变不行。我并不是说，只要我们的学生都安安稳稳地住在中国，新的学问就会从天上往他们脑袋里灌输，我们用不着借助外国学术的研究，我们的学术就可以独立了。不但我们中国做不到这一步，连世界上的学术先进国也不能每一科都研究到家而不必向别人学习。他们有时候也要派学生到外国去学习的。我的意思只是说，要靠学生到外国去留学，造就大学教师，替中国学术撑门面，这不是一个永久的办法。

但我们究竟应该怎样办呢？我觉得，我们最好的办法，就是请外国有地位的学者到中国来。这当然并不是一个新办法，一直到现在我们的大学里还有不少的外国教授。但是，我们截止到目前所请的外国教授很少有真正有地位的学者。他们多半都是一个普通大学毕业生，在外国找不到饭吃，于是就到中国来做教授。他们唯一的本领就是能说外国话，谈到学问，有的还不如我们中国的大学毕业生。这种人对我们的学术不但没益，而且有害。我常常自己想象，当这些人回国的时候，也许有人问他们在外国的职业，他们当然回答说是教授。我真不知道，他的国人会把我们中国的大学想成什么样子。我一想起来，脸上就发烧。从现在起，我们应该请在外国真正有地位的学者到中国来任教。他们当然未必全肯到中国来，我们可以仿效苏联请美国工程师的办法，出极高的薪金。“重赏之下，必有勇夫。”一定不会没有人来的。这样可以有两个好处：第一，他们可以长期留在中国。学生在大学毕了业以后，甚至做了讲师以后，还可以有机会同他们研究。不至于半途而废，演了我上面提到的那种悲剧。第二，有天才的青年不致因为没得到留学的机会而埋没了。我们都知道，照现行的留学政策做下去，只有一小部分家里有钱或运气好的青年才有留学的机会。这些青年未必就是最优秀的。倘有外国大学者到中国来，没有钱的或运气不好的青年都可以有机会发展自己的才能了。这对中国的学术是有莫大的裨益的。倘若有时候有些部门某一国研究得特别好，我们仍然可以派学有根底的学生到那里去观摩。这样，我们一定可以慢慢走上学术独立的路，这是我可以断言的。

以上说的话，我当然不敢说全对。但这些话都是由多年的经验和观察得来的，自信还不至捕风捉影。为中国学术前途计，我诚恳希望教育最高当局能考量并采纳我这个建议。

1947 年 9 月 23 日北京大学

《军事人才人文素质教育丛书》总序

我说“21 世纪是中国文化的世纪”，招致了诸多的误解，什么诱发了“中国威胁论”呀等等。其实我哪有那么大的能量？一个学者讲了一句话，人家美国就把核武器转向了你？中华民族在 21 世纪的强大是历史的必然，谁也怀疑不了、阻挡不了。21 世纪的第一年，什么入世呀、奥运呀，兆头就很好，美国人不傻，明白着哩。

但对我们，关键在于如何真正使 21 世纪成为中国文化的世纪。我认为，第一是我们民族自身素质的提高。能否在激烈竞争的民族之林立住脚，主要看民族的综合素质。所有的较量，说到底是人的较量，是人的综合素质的较量。幸好，国人对此已达成共识。第二是强大的国防。国防是保障，保障是否有力主要看军队的素质。军队素质当然包括很多方面，例如武器装备等硬件方面的掌握和使用等科技素质。但从根本上说，由政治纪律、心理基础、文化知识、人文素养、思维创造等激发出的勇气和信念及其因此而构成的综合素质更加重要。其实，战争只是两支军队综合素质的检验和较量而已。因此，战争开始之前，胜负就已经决定。中日甲午海战的教训不该忘记。当时，并非仅仅因为我们的炮弹打不响才导致了海战的失败，当时我们的装备并不比日本差，我们失败的根源在于素质。毛泽东说过，没有文化的军队是愚蠢的军队，而愚蠢的军队是不能战胜敌人的。我补充一点，素质低下的军队是愚蠢的军队，而素质低下的军队是打不了胜仗的。

我热爱军队，我对军队寄予了很大的希望。我认为，军队就是今天的新的长城，这是我之所以对军队的事情特别感兴趣的原因。别的事情我可以不做，军队的事情我不可不做。解放军文艺出版社拟出版《军队现代化与当代军人素质丛书》，而其中第一系列《军事人才人文素质教育丛书》已由军队院校的专家学者编写成功，即将出版，这是为中国当代军人素质的提高而做的实实在在的事情，也是很有远见的事情。

军人素质教育的目标是要培养和造就全面发展的富有创新精神和实践能力的，符合江泽民同志五句话要求的复合型军事人才。这是具有战略意义的事情。要搞现代化，首先是人的现代化。人的现代化是一个很大的概念。它包括军人的政治、军事、科技、人文、组织管理、心理基础、观念意识、价值观念等方面的现代化。其中，人文素质是以一种极为重要的素质，是其他各种素质发展的依据、支点和纽带，是一个人立身做人的最基础的素质。古人讲:“关乎天文，以察时变；关乎人文，以化成天下。”人文知识（如语言、哲学、历史、文学、艺术等方面）素养的提高，能够开拓人的智慧、开发人的思维、转换人的价值观念、陶冶人的情操、挖掘人的潜能、激励人的意志、规范人的行为、协调人际关系。总之，是一个社会的价值导向和人文精神的塑造的问题，关系到一个民族的生命力和创造力。不仅对于提高自身的思想道德修养，确立正确的人生观、价值观具有重要作用，而且，同时对于增强整个军队的战斗力也是极为重要的。从这个意义上说，文化就是凝聚力、文化就是战斗力。

解放军文艺出版社的《军事人才人文素质教育丛书》即将出版，我很高兴。我记起刚刚解放的时候的一件事情:

一天下午，我到西城去看朋友，走到金鳌玉桥上，正巧有一个解放军在那里站岗。他背着背包，全副武装，军帽下一双浓眉，两只炯炯发光的眼睛。从远处我就看到他那一身厚墩墩的黄色军衣，已经不新了，但洗得干干净净。我陡然觉得这个士兵特别可爱，觉得他那一身黄色的棉军衣特别可爱。它仿佛象征着勇敢、纪律、忠诚、淳朴；它仿佛也象征着解放、安全、稳定。只要穿这样军衣的人在这里一站，各行各业的人就都有了保障，可以安心从事自己的工作。工厂的工人可以安心生产，拖拉机可以安心耕地，学生可以安心上学，小孩子可以安心在摇篮里熟睡。只要他在这里一站，整个北京城、整个新中国就可以稳如泰山，那一群魑魅魍魉就会销声匿迹。

2002 年 5 月 1 日于北京大学

何必千军万马都过独木桥

——谈发展职业技术教育问题[①]

“关系到四化建设成败的职业技术教育，为何到现在才开始引起人们的注意？”参加全国教育工作会议的著名学者、北京大学东语系教授季羡林，在会议期间向记者剖析了产生这个问题的历史原因。

季羡林介绍说，从唐朝开始实行的科举制度，一直沿袭了一千多年。在漫长的封建社会里，这条选拔人才的唯一途径，使人们形成了一个牢固的观念，只有走秀才——举人——进士——状元的路，才是正途。《儒林外史》里范进中举的故事，就是这种社会观念的反映。

“直到今天，恐怕也不难找到新的范进吧？”记者说。

“是的。因为我们丢不下一千多年来形成的这个沉重的思

① 本文由刘鸿采写，原载《北京日报》1985 年 6 月 1 日。

想包袱。现在做父母的，一心巴望自己的孩子考上大学，几次考不上，也还要考。旧的思想包袱，在新的社会条件下，变成了新的形态：小学——初中——高中——大学，近几年来又加上了学士——硕士——博士。如果谁家孩子不得已上了中专、技校或职业高中，就似乎脸面上不光彩。因此，千军万马都来挤这一座独木桥。其实，这又何必呢。”

季羡林接着告诉我，杨振宁教授自己是搞理论物理的，可他曾几次强调，中国不应花很多钱去研究理论物理，应该更多地注意实用技术人才的培养。季羡林认为这个观点是对的。他说：“我国固然需要很多理论家、科学家。但四化建设更需要千千万万的中、初级技术人员、管理人员、技术工人，没有这‘千千万万’，粮食上不去，煤炭上不去，机械上不去，那怎么行？现在，把发展职业技术教育看成是关系四化建设成败的大事，这是完全正确的。联邦德国和日本所以能够在不长的时期内做到经济起飞，一个重要原因，就是极大地重视了职业技术教育。”

季羡林曾在德国住过好多年，他说：“德国人是很欣赏学位、头衔的，但是奇怪得很，他们并不存在独木桥。联邦德国青年中学毕业后，大多数人主动接受中等或高等职业技术教育。什么原因？其中最重要的一条，是各种专门技术人员的工资相当高，社会上也不歧视他们。美国也是如此，有的实验员比教授的工资还高。”

“所以，要使职业技术教育能够大大发展起来，一方面要洗洗旧脑筋，改改旧习惯。另一方面，也要有相应的各项制度，包括工资制度。我相信，这样做了，目前那种千军万马过独木桥的现象，是会逐步改变的。这对于培养国家需要的各类各层次的人才，进行四化建设，具有关键性的意义。”